一个人在一起

Being Alone Together

林乔／著

中国工人出版社

图书在版编目（CIP）数据

一个人在一起 / 林乔著 . —北京：中国工人出版社，2018.12

ISBN 978-7-5008-7120-0

Ⅰ . ①一…　Ⅱ . ①林…　Ⅲ . ①散文集—中国—当代
Ⅳ . ① I267

中国版本图书馆CIP数据核字（2018）第 295605 号

一个人在一起

出 版 人　王娇萍
责任编辑　左　鹏
责任校对　董春娜
责任印制　黄　丽
出版发行　中国工人出版社
地　　址　北京市东城区鼓楼外大街45号　邮编：100120
网　　址　http://www.wp-china.com
电　　话　（010）62005043（总编室）
（010）62005039（出版物流部）
（010）62379038（社科文艺分社）
发行热线　（010）62005049　（010）62005042（传真）
经　　销　各地书店
印　　刷　三河市万龙印装有限公司
开　　本　880毫米 × 1230毫米　1/32
印　　张　10.375
彩　　插　32页
字　　数　200千字
版　　次　2019年3月第1版　2019年3月第1次印刷
定　　价　58.00元

自序

记事至此，我天天做梦，早习以为常，乃致在梦境中都有了专属的记忆，直到长大后很久才得知原来不是所有人，甚至大多数人不是天天做梦。原来我的世界，从来就是一分为二的，现实与梦境，自我与无我……创作里与创作外，它们整齐于我的生命之中，我试着与之平衡相携。所以严格意义上来讲，我从未独处过。

一个人在一起，很好笑吧，但我有时候就是无法，一笑而过。无论在哪个成长岁月，最差，最后，终要和那个，姑且把它称为另一个“我”的“我”在一起吧。从动念到付诸，创作的脉络大概跨度有十年，不再像写歌词时那般牵绊无数，只肆意让心随笔尖流淌，无数随作就铺陈以此，如此胆大妄为地做自己，真是都有些不好意思了。

但最后我想说的，人生，重要的是一起，而不是几人，亲近了一起，就算拥抱孤单，也能搂到陪伴，愿借由小书，慰繁世之心。

目录

第一章 **弱小的怪物** 001

白旗 003

吃了那女孩 007

恶童 011

福妞 014

隔阂 018

狗吠鸟鸣人来往 023

好人爱猫 028

人设 032

弱小的怪物 036

天快暗了 040

完整的自己 045

软弱 049

怎样的人？ 053

迷兽 056

第二章 闭着眼睛走路 059
毕业 061
闭着眼睛走路 066
龙套 071
弥补 075
时间远没有你想象的可控 080
试验品 084
长大和长不大的 088
七年 092
我需要一个保姆 095
道别往往太矫情 099
要好好的才好 104
顺其自然没有什么错 108
我们无法留下青春 111
生日 115
打心眼里不去思考未来 119

第三章　错觉般继续　123
表面　125
错觉般继续　129
感情之外的事　133
不仅仅是想念　136
幻象　140
神话　143
可能　148
来来回回　152
好想去谁也不知道的世界　157
自言自语　161
越来越害怕　166
台湾腔的电影梦　170
老了吧　175
移动城堡　179

第四章 等天亮 183
搭积木 185
明 190
你越快乐，阳光就越好 194
容易幸福 198
失去 202
世界末日的黎明 207
整理自己 211
最晚明天 215
等天亮 219
全黑 223
我在哪里 227
换 230
玩味的文字 234
抱 238

第五章　如果不回头　243
传诵　245
当诗人开始落魄　248
发泄　253
所谓“真理”　258
一次冒险换一个人生　262
一瞬枯黄　265
创作属于你自己的意义　268
原谅我总是让你寂寞　272
最初的梦想　276
如果不回头　280
祸害　284
心经　288
让我见鬼去吧　295
刺　300
附　录　林乔的主要作品　306

第一章　弱小的怪物

白 旗

如果想要懂一点什么是青春，那首先要见证下什么是离别。在这寒冷的冬天，我依稀听到了，那年夏日那些笑声。但感慨有什么用，一点用都没有。时光是不会给你一点机会的。忽然发现自己是一个特假的人，特官方的人，总是想一些虚无安慰别人，欺骗自己。但我的真情实感呢？怎么跟自己都不肯分享了？

人就是这么复杂的一种动物，要想念的人越来越多，心里却越来越空。难过，真的还是难过吗？我并不是一个恋旧的人，我只是一个对爱自私、贪婪的人。我以为，爱之所以为爱，就是盲目慌张的追赶，和满不在乎的挥霍。我还在一次次计较，为什么命运总无法摆脱。在这万家的灯火前，我才终于明白了我的不想明白，这一切，原来只是，我不配。

仿佛是一场梦魇，梦里和好多人说过话。梦里自己控制不住地空洞和控制不住地想要放弃，梦里突然变得很忙碌，每当我停下来，我想就这么走吧，离开也好，就有人在梦里叫醒我和我说话。一个接一个，就这样地走过来，说话又离去。我强行地保持梦中还能够与人交流的能力，不知道到底都说了一些什么，仿佛忙碌得不停下来，就可以获得希望，然而希望也不过是一个梦。

我在梦中不耐烦过，也充满了耐心，我笑了，也差点哭过。只是醒来以后，发现只是梦，只是若干个梦，只是在一夜之间做了无数个梦。突然就又失去了保护的壳。脆弱地开始筑造城墙，像并不存在的战士一面高歌一面用短剑挖着自己的坟。脆弱之处就在于，只要有人在你身边，你就感到满足了，无奈和妥协，你并没有办法去选择下一步。

醒来，就是一个失望的过程。只有当人失败的时候才会想到，是不是应该后悔。懦弱的尾巴跟随于你，没有人来保证你不出什么差错，可我该怎么说呢？人是自私的，没有人能够保全一个陌生人的生命，哪怕是一个熟悉的人，也不能够，突然就瓦解了。毫无预兆地又一次瓦解了。

彩色孤儿

这一辈子最幸福的事
独自天台读诗
再俯瞰灰色城市
像星系般旋转固执
也许很多的不甘心
不过是客观事实

就让这天地风起云涌
形形色色故事
最后就一个故事
观望才是永恒方式
映衬着我的苍白自持
提醒谁谁的伟大无知

让我用尽一生的努力
渐渐脱离人群
用尽所有成长回到初心
如果说一切都来自
那所谓的意义

梦想是终于能放弃

让我用尽一生的努力
就和世界远离
用尽所有沉默保护独立
最喧闹的深夜里逆行
在黑白人潮
有彩色孤儿的美丽

吃了那女孩

不停留，不停留不停留不停留，到处走呀走，其实根本没有走。不知道什么时候开始，只是喜欢坐在车上找个舒适的姿势睡觉，最好一定是最后排的两侧，望着倒退的柏油路。到达目的地的时候，也只是躲进住的地方。就此不再外出。大概我也算是明白了，也许我喜欢的根本就不能算是“旅行”。

如果是潮湿的城市，就像现在的这一座，你就可以在人群间去猜想每个人在想的事情，甚至如果你与他们相识后可能发展的任意剧情。然而我还没来得及那样走来走去，最近我好像都没有见过太阳，也不知道接下来会发生什么。我只是觉得我的头发又长了，每当这种时候我都会感到困惑，我不知道究竟怎样对待它们才是正确的选择。压抑与释放都在一条路上，你既保护了你自己，也伤害了你自己。

好奇心，冲动，激情，挫折，白色的鞋子，冷漠，保护，不敢轻举妄动的人。有的时候我好像看到了过去，我记得我坐在窗台底下，她从烟盒里面拿出一根草莓味的 DJ，我记得烟雾可以是粉红色的吧，然后我哭了她却不知道，因为她睡着了，我也不能让你知道，因为那对我来说太遥远了。那一刻，我知道我要离开了。其实也没有很多很多年，那些时候我觉得我生活在夹缝的中间，是一个会消失的人。那种会消失的感觉在一些年以后依然存在着，仿佛也只有它是确切存在过的。

早晨醒来的时候身上总是有一层细细的汗，那也不难怪，就像某一天掀开床单发现身下的褥子和木头如果腐朽。如果你说，你知道的其实并没有人知道，虚弱的不仅仅是身体，还有灵魂。生活早就因此变形了，在许多年前我们不知道那些究竟是什么的时候，早就已经变形了，直到无痕迹。

我只希望她开心，然后哭泣完后也只能静静地沉默。

每一个人的心都被牵连着，不同的线，导致不同的后果，即使你想的是 RIGHT，如果那根线被错接到 LEFT 上面，你也只能任其发展。如果有一天所有的一切都化为乌有，它们只是过去，你是不是会就此甘心？

在那一个干燥的堆满沙子的城市里，原来到最后，我能想到的却只是一切都毫无意义。

老胡同

一个慵懒艳阳天
是不是那年熟悉的画面
胡同口爷爷遛鸟抽旱烟
烟圈飘散开薄雾的想念

拐几个弯车铃隐约听见
抬头望流浪猫熟睡屋檐
等阳光苏醒哪家四合院
是否也泛黄箱底旧相片

快要结束的夏天
巷尾小学校空空操场边
杏树下竹凳上谁侃大天
不留神顺嘴就带出京片

足迹像沿着梦走遍
岁月入口石狮怎么装点
那扇不敢叩开的从前
很模糊又很清晰的笑脸

现在还拥有多远　我属于这儿的时间
多想在胡同纵横交错间找寻到永远
握紧琉璃瓦片　然后沉沉地入眠

忘记了到底为什么如此怀念
只想遥望那遥远
回也回不到　想也想不完的一切
也许老胡同的墙边
那些斑驳的留恋
已随小鬼追跑的笑声跑远

忘记了到底为什么如此怀念
只是忽然就泪眼
糖葫芦还甜　当蔷薇又一次鲜艳
也许生命走完那天
我又回到那一年
怅望低回心间　渐行渐远

恶　童

罪恶是哪一种？广场上空无一人，太阳很大，世界是耀眼的白色。脑海里面是电影《恶童》里黑站在幻想里的悬崖之上时的表情，然后迅速在脑海中过了一遍过去的每一个夜晚惊恐的表情。当然，那些缘由也许都不重要了，重要的是那种深藏在内心的触碰，虽然我们往往会归咎于人的欲望。

于是我笑了，我想，这种时候笑，就是邪恶。我以为，这样就可以重新再开始。白天，黑夜，睁眼，闭眼，我需要一点什么，不要限制我。我把它们都烧了，欲言又止，我把它们都埋了，欲言又止。但却是要制止我，在梦中坠落。那谁又说得清楚，起飞难道不是另一个角度里的坠落吗？

到底是哪一种？我找了，没有找到，到底是哪一种？这自言碎语就像在一堆面具中翻找那个属于自己的形状，我逐个拿起来，比在自己的脸上。这些面具让我看起来像是别的什么人，别的什么角色，别的什么人设或轨迹。但是我却没有找到我自己的那一个。是你们，是你们藏起来了么？还给我。

世界有的时候就会这么轻易地轰然崩塌，无声，甚至不懂的人都看不到，还以为繁花似锦。你跑起来，也不想这样会不会太过于冲动。这种时候，你也已经丢失了你的黄金球。它掉进水里了，就像那把黄金的钥匙永远也擦不掉上面斑驳的血迹。蓝胡子从门后面走出来，蓝胡子愉快地磨起刀，蓝胡子大笑着从厅堂走过，蓝胡子是蓝色的，你看，很高贵，很冷。

所以你也笑了，所以你放声大哭了，所以我突然好像离开了世界的这一边，什么声音都好远好远。所以朦朦胧胧的时候，我睡过了点，从床上爬起来，太阳已经来了。我在它的里面，变得很小，这种时候，影子却比以往都更加浓烈。所以我笑了，罪恶是哪一种，笑到极致就想哭。

故事，故事！故事？哪来那么多别人的故事。我只想再睡一会儿，把每一分钟都忘掉。

下次轮回

穿越一个世界来看你
才发现我背后是一生
你回头要笑　时光却已都耗竭

当所有纷乱情欲消散
我们肉体也终将腐朽
在记忆消失前　只留下段音乐

热切观望　别人快乐
幸福的人　却是我
或许只有天黑才能明白　这歌里的眼泪

我多想爱　却只能到下次轮回
如果只能够幻作那一片落叶
我多想爱　却来世飘到了某个窗台
听闻到某段旋律一瞬枯萎

福 妞

为了让自己的心情舒畅，我开始听《所有下雨天》，我不知道日子发生了什么改变，这种改变，我觉得需要一点沉淀。为了让我心情舒畅，我开始看书。我睁着眼睛，不做梦，幻想自己安静下来，周围风景很好，不会冷。

我轻轻哼着歌，希望把自己的表情换一换，有一点难，还是那个表情。我还是需要那些希望，我还是需要调整，你可感到明天已经来临。今天早晨我没有太多的耐心，我努力克制自己的耐心，好让自己不去太过于生气，纯粹是浪费力气。

福妞，虽然你是我的猫，但是，书是知识，是记忆，是我所不能够记录的所有，你怎么能想着把它乱咬呢？我接受，我接受你两岁以前都会在天使和魔鬼之间徘徊的设定，但是，你也不能因为我接受这个设定，就可劲儿折腾你好脾气的爸啊。

福妞，我知道现在你很乖，每天都安静地等我回来，才叼出我早晨给你的玩具，在我面前安心地拨弄，你只是希望我陪你玩那么个把小时。

我也知道，你很好学，你从我的书架上拿出了《死亡美学》，拿出了《阴阳家语录》，还拿出了《1Q84》，你很聪明，你还知道从第一集拿起，或许你真的有很爱惜书本了，你只是咬掉了一些边边角角。

福妞，我知道你咬坏那本出行日记，是为了让我遗忘那些曾经伤心的过去，或许你是在说，有什么大不了的，弄坏就好了。

福妞，我知道你用自己的方式喜欢着家里的一切，你对我在书架上喷了驱避剂这件事情勇于反驳，不仅又搞坏了一本证书，还在书架前面拉了一泡屎表示你的不屑。

福妞，我对我早晨拿《1Q84》打了你的嘴这件事表示抱歉。现在你趴在我的脚边，表现出你前所未有的安静，我不是没有想过，想过满足你的所有需求，可是福妞啊，你这个孩子，太不懂事了。或许你的表达方式就是与众不同吧，我只能默默接受了你是如此的这个设定了。

福妞你知道吗？你要好好长大，长大和我在一起，陪在我的身边。那么，你所做的所有的小坏事，我都不会记在心上。

福妞你知道吗？我最怕的就是你生病。所以你再怎么造，也不许生病，因为你生病严重的话，长大以后就没法一直陪着我了，我不希望你的生命短暂，你小的时候，经常走路或奔跑着撞到茶儿，头上还因此起了大包，但你不怕疼，你勇敢得都没有流过一滴眼泪，却一度让我担心，你会不会因此成为一个傻孩儿，会不会这样那样地生病。

所以，你得保证你很坚强，当然，我不会丢下你不管的。

福妞，原谅我吧。我做不到不让你伤心，也做不到不让你难过，也做不到永远不发脾气，我唯一能做到的，就是像爱自己的孩子那样去爱你，像爱自己的朋友那样去爱你。

尽管你弄坏过我好多心爱的东西，但是没关系，我可以理解，就像你已经打碎了我 9 个心爱的杯子了，还有一些让我小心爱护过的瓷器，我心疼，但是很快就接受了事实。因为你要知道，我小时候也打碎过妈妈心爱的花瓶，也弄脏过爸爸的制服。

我还在听《所有下雨天》，写完这些字，我就已经不生气了。昨晚我不知道做了一个什么样的梦，醒来的时候就这么忘掉了。好吧，现在阳光正在从东边的窗户打亮我的房间。屋子里是金黄色的。我想过，想过避开烦恼，随心所欲地活下去，现在我知道，生活和未来，还是会有许多事情需要去面对。很多东西，可以避开，却永远需要代价。

养一只猫咪　叫我爱你

养一只猫咪　叫我爱你
每天都要练习
晨起　午休　深夜里的梦境

养一只猫咪　叫我爱你
用不同的情绪
呢喃　癫狂　我窃窃地私语

只是为了让我爱你
流窜在我的身体
变成自然的呼吸　不管有没有人在意

抱着我的猫我爱你
不断地告诉自己
再也不要遇见想爱的你　却失去开口的勇气

养一只猫咪　我爱你
我要叫他　我爱你

隔阂

大雨，灯光也在闪，我很懒，也很不习惯。笔记本坏了，一而再，再而三。我就坐在房间里看书，书中自有颜如玉，书中自有黄金屋，很安静，天色也沉下来了。

我也不知道自由是什么，最近一直发烧，每晚躺在床上的时候总是疼得翻来覆去。

反正也没人关心这些，我也懒得说，没有问候，没有关怀，好像该被关怀的人也不会是我。

我锁上门，一个人在屋子里，我有时候会无聊地翻通讯录，我想打个电话，接起来不用说话，然后电话那头就猜对我想说的话，然后即使我不先开口说话，话题也源源不断，然后我笑了，放松地满床打滚。

然而现实不是这样的，我总是来回地翻上几遍，把手机放在一边。如果我沉默，通话就结束了，我也不知道自由是什么，我很自由，自由到我哪里也不想去，也没人关心我去哪里。我也不自由，因为我就像一台发报机，我的接收器总是没有响应。

早晨睡醒以后我总是要在床上坐很久，有时候就一声不响地坐到下午。如果不上厕所，就一直坐着，偶尔换个姿势，偶尔把手机翻一遍，放下，继续换个姿势。我想其实我是耐不住寂寞的，但是我很懒，我懒得说。

突然很怀念小时候，怀念每天和我说好多话的对门邻居，很怀念有一堆小伙伴的胡同，也很怀念每一个需要我的人。因为我很懒，我躲在屋子里静静地坐着，当我寂寞的时候，她们就会来敲我房间的门，或者隔着窗子大喊我的名字。然后这一天就变得很美丽，被需要，被宠溺，什么都是相互的，你来我往，不去计较太多。

我交了一个好朋友，但是好朋友却不是我的朋友。我交了一个好朋友，我满心幻想着郊游，拍照，游玩，谈心，放松，懒散，即使什么事情也没有，也可以两个人靠在一起，心里有对方存在，接受对方的一切，好或坏，对方也一样接受我的一切，好或坏，怎么都不会因为什么而分离。

然而我们不是好朋友，因为矛盾在我们这里不是矛盾，吵架在我们这里不是吵架，只是分离。我不懂，是不是我们没有在一起的默契。这种默契，就是我肯定，无论怎样我们都会在一起，而你不肯定。我勇气都没有，我连大喊“我在这里……我在这里……”的勇气都没有。

楼上又装修，每日吵得不得安宁，可是即便如此我也不想动弹。我想去书店看书，其实我看书的时候总是一个人，不喜欢被人打扰，但是我不喜欢自己一个人去书店。可是即使不喜欢，我还是会一个人待着，摆着一副宁缺毋滥的死态度，没有人给我讲故事，我只好自己看故事。

我很懒，对环境要求很高，不是我的东西我不喜欢碰，不是我的床我不喜欢睡，我不用别人的电脑传照片，我不爱用别人的电脑写字，我不喜欢主动提要求，我不喜欢借钱，我不喜欢勉强，只有好朋友能够共享我的一切，我也不喜欢一切求来的东西。

我一个人的时候，如果觉得很开心，一定有一个人在一起分享。但是，谁来分享？我都不懂，怎么大家的废话都变少了。不要被我打扰，我会过意不去。

别人的孩子

计程车送到了
欠身帮你拉开门
你又能绷紧养家

没错　每一天就是在你的身边
太多记不起笑脸

家里的电通了
重新清洁好的窗
你又能教 baby 弹唱

就算这个夜晚　你早已经结账
你是否忘了一些目光

当别人的孩子
就默默地在世界上
他干什么　她想什么　真的和谁有关
难道是说　就非得满眼遍布乞讨的手
才能换来人们的指指点点

当别人的孩子

不过是最普通的风景

拼命存在　或许只是　也等待着成长

难道梦想　只需要给予你的英雄

他也愿长成你孩子的模样

狗吠鸟鸣人来往

昨晚黑色的陶碗里白色蜡烛点了一整夜，周围都是它散发出的青草的味道，早晨狗开始叫，时间周而复始。起床，洗漱，扫地，好像生活继续恢复了正常。没有什么是非要说出口的，也没有什么是非要得到的。亲爱的宝贝们，现在我看不到你们，时间过得那么快，你我都在里面排着长队，等不到一个触摸对方脸颊的机会。

这样的天，风还是凉的，穿过身体的每个缝隙，我不知道你们是不是过得都好，快乐固执得像南方的太阳，很多时候，即使温度再高，它也不出来。就这么，像刚降生到这个城市的时候一样，这是个巨大的，灰色的城堡。

我记得的，拥抱过后紧张的眼泪，最开始和最后的时候，我都感觉到一切快要留不住，

到最后，都会离开。火光代替那些光亮，那些遥不可及的光亮，所有的想法都开始变得不真实，仿佛这个世界不会存在一样。

我要的，这个世界不存在吧。

如果是这样，是不是就要放弃自己了，看着时间拉起我的手，面无表情，看见自己回头，眼神里透出一种说不清楚的复杂情绪。我已经没有力气再拉回当年的自己，我朝他们挥挥手，时间会把他们都带走，然后剩下越来越少的我，越来越少的我，开始蒸发。

外面太阳那么大，我还是冷。哪一种声响抓得住我，已经来不及了吧，看见自己像风筝一样越飘越远，越飘越高，下一秒人声嘈杂，醒来的时候人们来回地，穿梭在我的身边，依旧像什么都没有发生过一样。我听着这个世界上不存在的呼吸声，依旧像什么都没有发生过一样。随后你们起身，我假装房间里从来都没有出现过南方的潮湿气候。

我是故意的，从楼梯上滚落下去的时候，我也是故意的，每一次都让头部迫切地着地。我是故意的，当死亡没有来临的时候我一再感到失败。我也是故意的，没有任何一种方式会让谁真正爱上一个永远正常不起来的人，疼痛，何尝不是对自己的一种救赎。好起来，这句话是用来祝福别人，或者是欺骗自己，天空中开始飘起像棉絮一样的蓬松的白色，春天在宣告自己在这个城市

里的结束。谁摇下车窗，吃了一颗过期变质的糖，可它依旧是甜的。

你给了我一颗糖，然后我听话。这样的顺序就像是外表严肃正经实际上空无一物的安慰剂。其实所有的美好和痛苦，何尝不是一种幻象？家里面曾有一串蓝色的铁管做的风铃，它一直待在老位置，不管那里的环境怎么变化，不管它最后丢失了哪些零件。

一晃那么多年就都过去了，有些事情还是好像发生在昨天，可是我再不可能是自己，因为它们都被带走了，越来越少了，越来越少了。

罪

你用痛苦 包裹自我
孤单的纠缠
可你已经 付出代价
是时候输了

我知道我 并没成为你
最初的侣伴
但要爱你 却是我生命
最后的决断

如果爱情 是坠向深海的沉船
那就随我 抓住这最后的夹板
你是可以选择 但我们还会
有多少时间
有什么比投入 最痛的情感
更像罪一般

你会把这 乐意想成
疯狂的欺骗

或许我能　给到你的
也没不平凡
但闭上眼　为何我看到
你曾清澈的

如果爱情　是坠向深海的沉船
我想是为　浮出在另一片蔚蓝
当一起回头看　曾经就不再
无尽的黑暗
那浩瀚的未来　因为这勇敢
离开罪牵绊

好人爱猫

还记得那是初中的某一个傍晚，骑着车在胡同里游荡了一会儿，一只猫细小的叫声使我回过头去，差一点从自行车上摔下来。它通体纯白，当时的我也分辨不清什么品种，只是望着它在巷口来回徘徊了几次，未果。随后几天晚上在脑海里浮现出无数猫的形象，每一次听见它对我叫，我都会踟蹰不定。

我第一次亲吻的是猫，鼻子湿湿地凑过来，永远都不会说话的猫，不远不近的距离，是猫。每一次我回过头去注视它的目光，它总是看我一会儿，扭过头去。然后我饶有趣味地看着它，待在一起时间久了，有的时候会觉得它和自己越来越像。越来越像，直到我笑的时候它走过来，跳上我的膝头开始舔我的手。直到每一次我露出难过的神情，它就会钻进我的怀里。直到有一次，我想要高高地举起它，就好像太熟了有一种放肆的冲动，它却咬了我一口，然后在我的惊讶下，默然地逃开了。

后来我的伤好了，可是它不见了，其实该抱歉的应该是我，我忘了有一种界限和默契，以至我每夜梦到的形象都是它。许多许多的猫，我在里面听见了它熟悉的叫声，我在梦里不停地寻找，每一次梦到它我都好像会强迫似的让自己不吃不喝地睡上两天两夜。我想梦见它，再一次梦见它，我强迫自己睡着，可是它却不再出现了，就像它第一次出现那样无声无息，早晨我看见一只浑身漆黑的猫从我面前横穿而过，可是它呢?

后来很多年后的现在我真正养了一只属于自己的猫，灰色的“英短”。后来我还是习惯注视它们的眼睛，看它缓缓地别过头去，每天早晨初醒的梦里有一刻我站在桥洞底下，看到上学去的学生们一群一群地从我的视线中走来走去。我永远记得梦里面它慵懒地卧在台阶上晒太阳的样子，那么舒服的样子，让人忍住不想去喊它。那些梦里面它还在，它的样子，它和别人都不一样的声线永远都那么清晰，在梦里面我放下心来，我总觉得它还在。

我喜欢它，那是一种说不出来为什么的喜欢，都说狗是忠臣，而猫是奸臣，但不知道为什么那个初识的眼神，像一种视觉魔咒拴住了我。它是我第一个我确定我喜欢过的小动物。我想它，这一刻，突然觉得谁也替代不了。

好人爱猫

每当我像只温顺的猫
把你身体绒毯般依靠
意识就有被收养的怕
想什么时候该要逃

每当我变成发疯的猫
对你像毛线团般胡闹
你为何还奉献般交出
你能给我的所有好

我总为门外的诱惑到处跑
你却像温暖的窝等我歇脚

为什么你不听从忠告
还是你根本就当没听到
我不是你想的那么好
我或许只把爱当鱼的味道

难道你这样只为换到

有一刻从我的泪中感到
我不愿再投胎得像猫
却想变空气为谁静静围绕

人 设

人设，这个词仿佛越来越流行，出于太多或明或暗的初衷，太多人都是装上了“人设”这个标签，却忘记了改变才是唯一不变的真理。到后来真实的自我，和那个完美的构建，在无数殷切期盼的眼神中相撞时，如何安然地卸下人设，反而越来越重要了。就好像房间的每一面墙都是我们的镜子，空间是暗的，终究会有光。你的手可以看到正面，也可以看到反面，无意义，浪费时间无意义。然而你却说不出，到底哪一种选择才算是浪费，其实都一样。如果你忘记了自己是谁的话。即使你回忆得起来，却也仿佛是在看别的人一样，面孔那么模糊。

然后你模仿，却不太相似。然后你开始

和自己较劲，你无法说明那个人就是你。过去就是这样一种东西，所有的人笑起来，你的气恼会成为一个笑柄，怎样完全忘记自己。然后你的生活就会变得更加无法被充实。怎么也想不起来那一个画面是什么，怎么也想不起来那首歌唱了什么。每天都能接触到阳光，它在把你分解，地砖上面会有你的影子。你触碰到它的时候它就会紧贴着你的皮肤。让你突然觉得，另一个自己其实是一种冰冷。

你模仿它，但是不具有它的佛性，即使你忘掉你为什么要找寻它。我是谁？每一次面对镜子在没有人的时候，我仔细看，越来越觉得陌生，我在氧化在衰老，在变成另外一个人。我是谁？然后不断地会有影子走过来。给我提供各种解答。我站在它们中间像被光照射，然后被黑暗笼罩，此时无比高大，瞬间渺小不及。

你到底在乎不在乎，未来会变成什么样子。然后许多声音就会围绕着你说，顺其自然——顺其自然。某一个瞬间会觉得特别美好，下一个时刻却又完全不记得为什么要活着，被颠在浪上，时间长了，也会觉得迷茫。

我总觉得，在大多数的时候，我好像不是自己了。

变作谁

闭上眼把昨天都隐藏
睁开眼变成另一个形象
还是那束阳光　却是新的篇章
人生顷刻　都逆转成这样

原来表象　足够代表真相
就算心底还没妆化上
选好人设皮囊　掐好时机登场
最初的自我　躲在哪里鼓掌

别让　那些心爱的人失望
不如让大幕欣然落下　一睹容芳

一个人要变作谁　才算完美
一颗心几番错位　才叫体会
若全世界　都欣赏
又怎了解是喜是悲
原来改变　到最后才发觉
忘了什么叫真实面对

这种滋味　要怎么无所谓

如果拨开了　镜子里的华美
会不会只剩下一片狼狈
做有面具的人　越是沉醉
就越是逃避对不对

一个人要变作谁　才能爱谁
一颗心几番错位　才叫体会
若全世界　都欣赏
又怎了解是喜是悲
原来改变　到最后才发觉
忘了什么叫真实面对
这种滋味　要怎么无所谓
这种滋味　也需要被安慰

弱小的怪物

从前有一个大怪物，它很大，很大很大，很空，很空很空，它在这个世界的上空游荡，它什么也没有，甚至不知道自己的模样。它只知道自己是一只大怪物。因为有一天，它飘在空中的时候，一阵烟雾给予了它最初的形象。于是孩子们看到了它，惊声叫着："怪物！大怪物！"于是它知道，也许，它想变成一个人类。

它吃掉了孩子们，它仔细观察人的身体构造，它将自己造成人的模样。但它却开始自卑，它始终不是一个人。它看见母亲将孩子搂在怀中，它吃掉了母亲。它看见父亲把孩子架在肩膀上，它吃掉了父亲。它看见男人把女人压在身下，它吃掉了男人。它看见女人在枕边哭泣，它吃掉了女人。它看见演员在台上歌唱，它吃掉了演员。它看见观众在台下欢呼，它吃掉了观众。它看见强盗亮出了刀子，它吃掉了强盗。它看见警察拿出了枪，它吃掉了警察。它看见河流带走了婴儿，它吃掉了婴儿。

它学着婴儿的样子哭泣，学着警察的样子正义，学着强盗的样子凶猛，学着观众的样子欢呼，学着演员的样子歌唱，学着女人的样子妩媚，学着男人的样子抬起头，学着父亲的样子拍拍孩子的头，学着母亲的样子把别人拥在怀中。它学着恋爱，它吃掉了它的配偶，它学着幸福，它吃掉了那些看起来幸福的人。它学着怜悯，也学着帮助别人。

它觉得自己越来越像个人类，它觉得自己就是一个人类。然而只有它自己知道，它依旧是那个，很大很大，很空很空的怪物。它头一次感觉到孤独，它不知道这样的孤独今后会越来越多，越来越多。

它觉得自己的言行举止已经足够像一个人类，它的身体构造也足够像一个人类。它会感到欣喜，会感到难过，会焦虑，也会闭上眼睛睡觉。虽然它永远永远也睡不着，因为它是一个怪物。

有一天早晨它佯装从睡梦中醒来。它得到了那么多，它学习了那么多，然后这个时刻，它突然觉得，自己还是那个大怪物。因为它学习了那么多，它还是没有一颗人类的心。它仍旧是一个大怪物，它的心是一个空空的壳。它的胃里装满了尸体，它的心是一个空空的壳。

它开始哭泣，却比婴儿哭得更加伤心，它终于明白人类的复杂，远远没有怪物那样单纯。可是它已经吃下了那么多的人，它再也没有办法变回那个没有形体的大怪物。于是它一直哭泣，一直哭泣，它的心是一个空空的壳，它永远不会死去。于是它学着人类的样子哭泣，和人类一样伤心，可是它知道，它并没有一颗心，也永远无法变成一个人。

它于是吃掉了许多人的心，它们都只是落进了它的胃里面。它不再觉得自己很大，很大很大。它觉得自己无比弱小，它依旧觉得自己很空，很空很空，甚至比当初更加地空。比它没有形体以前更加地空。

魅　影

晦暗的街暧昧流转的夜
给诱惑一些神情迫切
撩人的杯麝香炮制的味
欲望在狩猎眼神猥亵

慢节奏的雪想制造出离别
吞噬掉情节过程被笔忽略
情感要宣泄等引诱画完界
给那纵情一个解

碎绿的狂野是信仰凉风的叶
绚红的迷烈是暗潮汹涌的血
枯粉的离灭是即将挣脱的结
幻紫的妖冶是羽化蜕变的蝶

落灰的世界有双重的性别
夜莺快掉泪着地后哪里歇
找什么慰藉煽情就是秘诀
这都市的细节
像低音阶

天快暗了

天快暗了。顺便看了眼福妞，看到心塞。造化弄人。这四个字的意思就是，也不知是事件带动情绪，还是运势使得情绪和事件相撞，出现和消亡。毕竟不是每一分，每一秒都能愉快到天上去。想起一部短片，每一分，每一秒，每一步，都在分秒不差的节奏里运转。但也用不着人心惶惶，这种时候最好的办法，就是投入工作。嗯，这句话是我说的。

饿了。

我也清楚当下何种状态更说得过去，更何况，某些状态更符合“造化”的大规律。我也不想再与之硬碰硬地抗争了。摸着边走吧。每天醒来都可以想到要做的二三事，这种永远不会完结的状态总给人一种踏实的错觉。人活着不需要被证明，时间过得很快，很多故事的残留时间都非常短暂。来不及出声，就已经被遗忘。就像是醒来后没有被刻意记住的梦境。只是，灯亮了，你一抬眼，又看清自己所处的位置。灯火熄灭以前，还请牢牢记住，以免在漆黑一片中感到不安。

躺上床，我就像感觉到屋顶上有两位门客。确切地说，是两位梁上客。他们都是自我梦中而来，停留于横梁之上屋瓦之外，终日不得安宁。我刚刚将薄被拽上肩胛，眼睛尚未闭死，就听两位聒噪。

“时日无多矣！”

“且看它立羽似刃，直扎到底。”

“时日无多矣！”

“万般变化皆无休，勿妄念贪欲。”

“呔！”

“你瞧瞧今晚的风月，啧啧，比那镇魂用的幻境还不真切！尚不知造物何时起如此便宜随便！”

捂住耳朵，我蜷了蜷身子，把被沿又往上提了提。

“你瞧那山下灯火，要处死之人，可不是前楼那深闺？”

“上食埃土，下饮黄泉。”

“哎哎哎，你且瞧瞧，夜行开始了！”

“四罪而天下咸服。”

“嗟！竟不分时令如此行事！”

“吞八荒。”

我翻转了身子，只觉得周身恶寒：“别说了。别说了，别说了，别说了，别说了，别说了！我不想听。”

“甚是可笑。”

瓦上传来踱步声响，好似有碎瓦要滑落一般。

“甚是可笑！”难得的附和。大汗淋漓。

“时日无多矣……”

“饮鸩止渴罢了。”

“时日无多矣。”

“澄其心，而神自清。”

“且安心，且安心。”

“澄其心，而神自清，自然六欲不生，三毒消灭。所以不能者，为心未澄，欲未遣也，能遣之者内观其心，心无其心。外观其形，形无其形。远观其物，物无其物。三者既悟，唯见于空。观空亦空，空无所空。所空既无，无无亦无。无无既无，湛然常寂。寂无所寂，欲岂能生？欲既不生，即是真静。”

一个人在一起

我要做我的礼物
我要做我小小的开始
我要做我的蓝眼睛
我要做我的欧洲旅行

我要做我的幻觉
我要做我细微的动情
我要做我的头痛药
我要做我的温暖羽翼

隐约听见谁在说　回来吧
我却依旧坚定地　拥抱自己

我只要一个人在一起
我的生活只需要一本日记
孤单的时候　点橘黄的灯
就可以照亮我所有的安心

我只要一个人在一起

微笑独自看起来会更美丽

在遗忘中我宁静前行

我的故事就是雾中的风景

完整的自己

鸟又叫了，天就又亮了，雨下了一整夜，稀里哗啦的，然后我又睡不着了。每一次濒临困倦的时候我又很难说服自己躺好睡觉，还会时不时地从沙发上坐起来看着手机或者桌子发呆，我突然觉得这个城市仅仅是潮湿，仅仅是美丽，仅仅是又激动又像慢镜头又充满情感，而我，却在里面找不到一个属于自己的位置。

被掏空的是什么？我不知道究竟是什么感觉。我只觉得自己被打散成无数份，聚不到一块儿，每一份我都好像在经历不同的事情有不同的感觉似乎没有相互沟通的必要。于是就像街上的一群陌生人，并不知道彼此的关联。我不知道我究竟是什么感觉，很难说。很多时候我觉得自己的爱越来越少，分给每一个人都不够用。然后我对自己所渴望的感觉和生活也越来越模糊，我突然开始怀念非什么不可的日子。

非零度的可乐我不喝，非中间那格的厕所我不上，非木质的桌子我不买，非我买的书我不看。一大堆滑稽的理论，看起来好像很可笑。但是，起码有个准头，有个实际追求，满足一下，就会知足。可是现在，总觉得什么都无所谓了，是什么，有什么区别。生活的品质越来越模糊，吃什么，穿什么，越来越没有所谓。反正什么都不是你所想的，你也想不出什么美好的了。

我一直想做一个不一样的人，直到我发觉，我什么都没有做成。甚至有时候，我感觉到自己所做的一切都一无是处。甚至有时候，我回想起自己的一切，我在脑海的一片空白之中已经扼杀了自己所有的时间。就好像又回到小时候面对数学题的时候，老师拍拍卷子说，别发呆，记住，不会做的就跳过。否则大脑一片空白的，什么好处都没有，只会浪费时间。

每一次考试的时候我都要想起这句话来克制自己的走神。再后来，做每一件事情的时候我都要克制自己的走神。思想的游离，时常觉得自己已经不在了。又或者，我只是在一旁观看着，找不到那种当事人的感觉。

更多更多份，我站在这里，我站在那里，我站在连我自己也看不清楚的地方。我到底最终会在什么地方放下我自己然后可以安心地去休息呢？难道活着，就必须这么没有安稳的感觉么？没有人是无忧无虑的，傻子也会有自己担心的事情。

我的生活仿佛只来源于习惯，我的寻找却都只能得到片刻的欢愉，我想继续躺在日出的山头，在太阳升起以后睡上最好的一觉，只有在疲惫不堪的时候，我才能够倒下。别让我成长，别让我麻木，别让我无动于衷，别让我无所谓，别让我惊恐，别让我哭，别让我等待，别让我遗忘，也别让我记起，别让我那么迅速地燃烧。我想要每一个人都相互拥抱坐在一起不说话，不说话听听音乐鸟叫甚至苍蝇的翅膀振动声由衷地傻笑着，觉得这个世界上只有这么一个完整的自己。

藏在大树后面的男孩

只要一想到　你还能够离我不远
我的满足　前所未有般耀眼
乞求这时光　城市大海群山和那白云
可以允许　你再经过我身边

这就是爱吧　无所谓值不值得　只有情不情愿
这就是我吧　只是小心翼翼地　把你放在心间

我还是藏在大树后面
像回放初次和你遇见
享受与你咫尺的距离
偷偷关注你麻木着想念

我还是藏在大树后面
才懂得如何换上笑脸
只希望在我犹豫之间
你就已走向更好的永远

软 弱

人性有时候很软弱，它有很脆弱的一面，人们总是在自己心生惶恐的时候做出应激反应，从而做出自己也不知道是对还是错的选择。什么是你控制得了的，什么又是你可以做到的，是什么刺激了人的神经，让人们那么不理智地做出抉择。我觉得自己仿佛在社会的夹缝之中，越来越狭窄，越来越狭窄。

人生是如此么？当我们走到尽头的时候，是不是已经来到了金字塔的顶端，唯有跳下去，或者升上天堂。每一个表情的触动都可以让我失去方向，难道人这么容易被左右么？我并不知道这样的日子会存在多久，人真的要活在现在和未来么？未来的样子，看起来好么？那些未知的，不在我想象范围内的东西，真的是美好的么？我可以想象到每一次痛苦，抑或每一次欢乐，在未来，越来越轻，也越来越沉重。

我感到害怕，我真的克服得了这种没完没了的害怕么？我真的可以完完全全地走出来么？是，他们会说，这全靠你自己，一切都全靠你自己。我守着清晰的一切，却越来越模糊，我搜刮记忆的每一个角落，把每一处空白都填满，告诉我，你们都是怎么做到的，怎么做到的，不带一丝留恋和懊悔的遗忘，人性使然？大脑欺骗了自己么？留下快乐的，埋葬其他的所有，

使你安心的，使你快乐的，使你懊悔的，使你害怕的，使你头脑空白的，所有的一切，你都可以说是，习惯使然么？

我依旧不明白，甚至越来越不懂，就好像你站在水中央，于是盯着脚下的游鱼，你不知道从岸边看来，整个水域的模样，就好像你站在岸边，不知道在空中俯视这一切的模样。我到底是怎么了，我到底是怎么了。告诉我，即使世界重新来一遍，我仍旧不会知道该怎么做，或者说，还是会和现在一样，没有改变。倘若我尚未知事呢？倘若环境改变，一切的一切都改变，世界重新来一遍，我会是谁？

我还是我，从时间的滚轮间掉落，手指和手指触摸，眼神和眼神对视，嘴唇与嘴唇融合，在人们荷尔蒙的催促下诞生，并不明白生的全部意义，也不明白死的归宿。如果我如愿以偿，如果未来会很好，那么告诉我，告诉我，究竟是什么样的人使我停下

脚步，我会微笑么？我做了一些什么？我看起来会更快乐么？还是心依旧在世界的两岸，来回地摆渡？是不是可以看到岸边永恒的存在，是不是不再害怕，勇敢仅仅需要走下去，一路同行。

自恋的抒情诗

这城市　不关我的事　我已掉进橘子味果汁
是汤匙　搅失了冰激凌曾　光芒耀眼的样子
天使有　快乐的天职　我也不忘把内心展示
潜意识　继续酷辣的坚持　想法就千军万马在　我的方式

我活得好像自恋抒情的诗　跳跃着煽情着我的小心事
旁人不会懂我对着镜子　安静微笑的意思

这日子　无外乎公式　某年加某月再加某日
我的脸　干脆利索成白纸　自私得不会对情绪　给予注释

我活得好像自恋抒情的诗　有一种说不上好坏的固执
比方说我禁止在醒来时　发现梦境的消失

怎样的人？

你想做一个什么样的人？这个问题很老套，也会很无聊。无论你想要做一个什么样的人，时间很善变，它教你坚持一段时间，很多人在一路上突然就没法儿坚持一辈子。说实话我一点儿也不想回到从前，当时间重叠的时候，我认为那一定只是一种幻觉。人变了，心变了，时间变了，空间和地点都变了。

饮鸩止渴的事情是无济于事的，人会变，就什么都会改变，10 年前会有一个小孩子说一刻也好，哪怕下一刻怎么样也好只要这一刻也好，10 年之后她就变了。一成不变的事物是没有的，时间会有时间的轨迹，是无法去逆转的，就像梦境，随着时间的推移，很多细节都在改变，一成不变的事物是不存在的。包括文物，就利用时间，做好每一个阶段的自己，只要去做了，就没有后悔的时刻。接下来的三年，计划已经完全改变。

看了几部电影，聊了若干话题，踏踏实实地睡了几天，乱七八糟地捣乱，忘记时间，忘了周围的人们，也忘了存在。在大风中我缅怀了一下时间，学会了再见。然后，没有然后。

这一刻，你像一个二货一样坐在电脑前面矫情不起来，究竟是因为老了还是因为矫情的时代已经过去了？时间又停下来了，人真的，很懒，总是想着停下来万事大吉。但是哪有什么地方是可以让你停留下来那么久，那么长，所以在路上不是什么错误。

什么样的人可以当成朋友，什么样的人应该远离，内心真的不清楚么？不要对自己说不知道也不要对自己太过轻松，对自己不严厉会得到惩罚，我们都有应该做的事，还有很长的路要走，从这一刻开始。

如果想要懂一点什么是青春，那首先要见证下什么是离别。在这寒冷的冬天，我依稀听到了，那年夏日那些笑声。

如果是潮湿的城市，就像现在的这一座，你就可以在人群间去猜想每个人在想的事情，甚至如果你与他们相识后可能发展的任意剧情。

世界有的时候就会这么轻易地轰然崩塌，无声，甚至不懂的人都看不到，还以为繁花似锦。

福妞，我知道你咬坏那本出行日记，是为了让我遗忘那些曾经伤心的过去，或许你是在说，有什么大不了的，弄坏就好了。

昨晚黑色的陶碗里白色蜡烛点了一整夜，周围都是它散发出的青草的味道，早晨狗开始叫，时间周而复始。

我突然觉得这个城市仅仅是潮湿，仅仅是美丽，仅仅是又激动又像慢镜头又充满情感，而我，却在里面找不到一个属于自己的位置。

无论你想要做一个什么样的人，时间很善变，它教你坚持一段时间，很多人在一路上突然就没法儿坚持一辈子。

孩童的面容，是为了吸引年长者哺育；青少男女的面容，是为了吸引配偶繁衍后代；老人褶皱的肌肤，是在预示着生命的淘汰……这个世界一直很冷血，它有自己的一套机制。

我不想再落泪

独自跳了一支圆舞　找不到那脚底的音乐
躺上安静的小床　又要和喃喃自语作对

抱着熟睡的猫宝贝　是否该和它头对头睡
谁能在我耳旁说　哪个姿势最适合依偎

枕头下的相框　有时真想翻出来勇敢回味
我冰冷的双手　是否早忘记被温暖的感觉

今天本就倒霉　我不想再落泪
房顶有些漏水　出门停错车位
扎耳洞掉过泪　我不想再落泪
虽然只为变坚强　不过是会生活的胆小鬼

未来更为珍贵　我不想再落泪
都说天堂钥匙　就是心情明媚
难过一定更累　我不想再落泪
虽然我真的不懂　夜还能靠什么方式浪费

迷兽

真不知前世我是不是兽，佛经什么的可否感化得了听不懂的我，我常常教自己用无视的态度对待我自己，或者是我自己的其中一分子，但我也常常不自禁。也会时常在夜晚不能入睡的时候闭上眼睛，幻想自己是睡在巨大温暖的包围里，肆无忌惮，身体放松片刻，伸手触摸不到任何，抓住被角的时候，往往眼睛已经睁开，整夜翻覆，不知为何始终有些紧张。曾经是因为总觉得这个世上还有许多许多事情没有做好，进入睡眠之前总是会感到压力。

再后来，知道有时候只是因为某种不独立，把福妞抱在怀里的时候我会把脑袋紧贴着它。然后慢慢放松下来，才能入睡，我很喜欢那种睡姿，蜷缩成一团被人埋在怀里，或者抱着什么图个安心。也不知道什么时候开始，或许是高二高三那两年，我开始抱着什么也睡不好了。像一个睡眠多动症的人，来回翻覆，于是我总要盖许多许多的被子，冬天的时候把自己压得无法动弹为止。有的时候希望这个世界上出现一种动物，牢牢地滞住我，或者用行动和言语告诉我：你被制伏了。

孩童的面容，是为了吸引年长者哺育；青少男女的面容，是为了吸引配偶繁衍后代；老人褶皱的肌肤，是在预示着生命的淘汰……这个世界一直很冷血，它有自己的一套机制。而我们，则萌生出情感来，借此被秩序耍得团团转。然而当我以为我被制伏的时候，我的怀里身外却还是空空如也，好像缺失了一种情感。我说这些话，是想来嘲讽我自己。自己就是自己，真的没有办法变成别人呢。有的时候对自己，也会有恨铁不成钢的感觉。有的时候像是一种机制需要对自己好一些，告诉自己，要对自己好一些。有的时候无法停下来这种斗争，有一刻就会涣散，希望闭上眼睛放松下来，睡过去，只要安心地睡过去，哪怕一小会儿也好。所以幸福的含义，有的时候真的很简单，也很复杂。来来回回，终是没有做成一个像样的我。

有些东西，暂时只能是自己去咽下的。有些东西，暂时只能是自己去消化的。暂时，这个暂时，不知道会是多久。我不能再这样走走停停了。我仿佛看见空中的虚有，笑着对我说：你知道得太多了，这样不好，这样不好。

秋天了

你总是第二个
你总第二个说爱我
你总是第一个
你总第一个说安了

如果狂热夏末
如果爱激烈却稀薄
如果寒风扭头
如果泪没舞的洒脱

秋天了　秋天了
我抱紧自己蹲在角落
夕阳送树叶回家了
我在哪段时光等你呢

秋天了　秋天了
我蒙住眼睛却想听错
城市还在追赶日落
我能否倒叙记忆来过

后来呢　后来呢　我也想知道了
就像你只是说说　却什么也没有做

第二章　闭着眼睛走路

毕　业

自己的固执，前行的方向，无意间的让人受伤。太多纷乱的思绪，看到的世界时时刻刻都不同。说不好，也许就是无法舍弃，自己渺小渺小的梦想，太渺小，以至怎么也宏大不起来。又或许是自己太固执，放不下，放不下的城市，放不下的人和事。我们不是神，我们似乎办不到，似乎很冷酷，对自己，或是对待别人，总要做出一些选择。

好吧，我有一些离不开你们。即使我不总是经常出现在你们身边，即使我不在身边，我依旧舍不得这一切。四年，我不想突然就离开这个学校，再给我一点时间，多一些时间。所以必须放弃一些东西，我只是想知道，我不在的时间里，是不是，我就会从你们的记忆里消失，也许会，也许不会。

完成什么样的梦想，继续做什么样的工作，这些事，看似很重要，但是，离你们近一些，似乎更重要。离我很远的人们，会不会难过，像被撕裂的心，为了让它完整，允许我，允许我奔走。大学四年，我认识了很多人，这次不一样。我的圈子，叫作“首经贸”。

“首经贸”，其实到现在我也并没有多爱你，但你分享了我最重要的四年，搬空了宿舍，却搬不空的回忆，这是我光荣与梦想的起点，也是我伤心疲惫的避难所。遇见的那些人，了解了那些事，或许换一个地方我一样可以享受同样的轨迹，但至少我相信缘。所以当我，在车上回头再看你一眼时，我的眼神如此的空洞，掉入了不知当中。车轮碾起的尘土，还会不会落到它起飞的地方。我知道我还会回来，但我的心已经远离。

有些东西我们抓不到，有些东西我们留不住，可以留住的，只有散散落落的零星记忆。

大一时候的第一场雪，大二时候第一次在寝室接到发表作品的电话时候的愉悦感，每晚望着寝室的天花板睡不着的日子，早起晚睡奋力写字的日子，期待周末不断电的通宵，彻夜的长聊，每个人的故事，不同又相似的一次次经历，温暖，还有冷落。大学四年，有一些与社会脱节，又有一些世外的逍遥和美好。

还以为会有最后一次卧谈会，以为我们还会怀念一下寝室的生活。面对空空荡荡的房间，面对同学们找工作，一次又一次的别离。面对大家的忙碌，自己突然觉得有一些乏力，有一些跟不上脚步。似乎突然才醒过来，很突然，太突然，就消失不见。是的，我很自私，很多应该和同学间关联的时间，被我硬硬地拉走。其实到头来我也不过只是多赚了一些钱，多做了一些其实还早的事。但这些都是提前预支，而我的代价却是失去，找不回只属于校内时候互动的快乐。后悔吗？说实话，并不。因为这是我选择的路，但是我确实也不舍得，也感叹。同时也更珍惜那些和你们在一起的时间流动。当酸酸的话打不出来的时候，心才是酸酸的。谢谢那些名字，跟我在一起并且一直会在一起的名字。

以后的生活会怎么样，每个人都不同。突然就变成倒数了。当自己说出已经毕业这样的话来，多少有一些诧异和失落。也许真到能见到每个人的时候，又会害怕得躲起来吧。就这样的距离，对每一个人都想念。

最后的最后，最后的夏天，有些晃眼，但我还是能感受到那些画面，那些傻傻的脸。

不过，如果你能够真的懂，其实每一天都是最后一天，每一天也是最初的一天。所以，亲爱的，这不是我们最后的夏天。这只是，幕布拉起前，静静的闭上眼。希望你们都可以按照自己的快乐去找寻，不管怎样，走下去吧。因为我们都一样。保重！

男孩与夏天

呼吸烈日的什刹海　绕过紫禁城下的松柏

单车节拍　在西单街上自在　放学　就是最大期待

那年夏天要留不过眉的刘海　那年夏天要在课堂里等未来

只是未来　有没有晴空色彩　蔚蓝的天空像仰望的男孩

住胡同　天总是很快变暗　就算　功课还没有做完

推开窗看猫咪墙上遛弯　躺在床上听邻居打鼾

十七岁的　笑脸如此简单　十七岁的　梦总做不完

只是忽然　有些期盼　明天　对隔壁桌说早安

夏天为男孩蓝　男孩跟夏天玩

真的长没长大都不用去管　记得别招老师烦

夏天　与男孩就这样的做伴青春就这样的过完　一个成语时光荏苒

陶然亭树叶落下　南城的秋天来

我不想猜　志愿填的该不该　也不想乖　任父母安排

只是　心中也没有一个大概　高考的　日子就压下来

同学　之间也变得很奇怪逃学　听杰伦的简单爱

听得男孩　突然哭了出来

永远　本以为偷偷地隐瞒　永远　就能和她笑与憨

年轻敢不敢　和考卷去作战　得出来属于　我们幸福的答案
十八岁的　夜路总绕几个弯　十八岁的　眼泪总流不完
情书　终于被命运撕烂　就在下一个路口走散

当夏天　被男孩统统忘干　夏天还站在那看
男孩躲在屋哭喊　屋外却寒冷依然　男孩夏天
无力的是伤感真的有没有懂爱　或许都已经遗憾

宣武门初夏人海　崇光百货的站牌
一切看来　都好像回到原来　午后的阳光　眼睛却睁不开
时光　这一刻让我感觉过得好快
录取的通告已经摆放在父母擦得闪亮的桌台
航班却把她送到国外　或许男孩还在想后来
人生终究不是暑期班生活　还有以后一大段
就算不骑车　就算 CD 都听烂　明天的明天却该怎么办
十九岁的微笑还难不难　十九岁会有多少回忆夜晚
日记本　渐渐学会不看　那些字　就当作往日的孤单

男孩夏天　再一次的结成伴
无论有没有释然　其实先看淡　因为还有夏日灿烂
夏天　还属于男孩　哪怕有点晚
失去的　得到的　最后都是心中的温暖

闭着眼睛走路

实际上，如果不阅读，如果不关心自己的内心世界，一直盲目于生活、饮食、未来与虚妄，人生便会活得越来越木然，直到能察觉到自己麻木都是一个不可能的事了。

时而觉得这些年来我就像一个闭着眼睛走路的人，耳朵边长了另一个世界里的生物的眼睛，看到的与人类不同。我知晓了更多不同人类的生存方式，依旧还没有定下最适合自己的那一种。这个世界越来越浮躁，越来越轻易，努力越来越不值得重视。公平与否，或许只是一个词，为什么？因为“世界”变“大”了。媒体的运作，社会的导向，人生的规划，要如何到老到死，舆论的效应，虚空世界的故事，现实中的包罗万千，层层叠叠。

所以我喜欢选择阳光性的回忆，而不是血淋淋的回忆。因为有时候疼痛会让人选择自欺，虽然这已是足够诚实的行为之一。是的，是的。这需要承载的勇气。是的，是的。言语是有重量的，也是有力量的。前一刻让你透不过气的字，下一刻也可能提着你飞上天空。不要打破这个玻璃盒子，那样，安全感尚有可触的边界。脆弱与坚强，思路的导向，童年记忆，惯性思维。

每一个人都活出了一个小世界，探究哪一方，纪念哪一方，社会导向说了算，正在进行中的历史说了算，破碎的历史只能被遗忘。每一个引起“民愤”的事件，不值得纪念，不值得深究，不值得你日思夜想。这就是现在这个什么都有，便什么都没有的世界。选择多于实际能力，抓不住主心，便随波逐流。

于是人们开始钦羡一眼望到头的规划中的人生。再跌宕起伏，那也是一种简单明了的故事。除了《浮夸》唱的那一种之外，也存在“不必为人所见”的人生。不需要社会来证明的，不需要舆论来炒作的，不愿为人所见也不需要被人们所谈论的人生。在现代社会里，隐私已经变成“不说”。但互联网科技的渗入，渐渐地也通过数据让这些“不说”无处遁形。

或许低调的成功，也是一种成功。大隐隐于世。然而这并不符合大众的风格。首先要确认自己的方向，其次再行动。放逐束缚自己的“开拓”，知晓什么才是重要的。你们要我，岂能不尽如人意。再见三分之一的讨厌，再见三分之一的无视。时间会替你积累，厚积薄发。希望我们能拥有我们不再拥有的归属感。我总想，此生的大家都应该坚强一些。或许下一世还能一起呢。

万物静默如诗

一朵含苞着的花

一片飘落的叶

一次日出如梦般

一切有了感觉

你登上的那山巅

我趟过的溪涧

谁忘情玫瑰遍野

谁已大树苍天

如诗静默在万物间

那是带给世界的　所有思念

想人世间　因这美好自然相牵

如诗静默在万物间

辉映我们心中的　真真切切

就算时间　尽情变迁依旧深恋

关上夜城的灯光

越过阻隔的窗
不再狂喜与绝望
置身漫天星光

如诗静默在万物间
那是带给世界的 所有思念
想人世间 因这美好自然相牵

如诗静默在万物间
辉映我们心中的 真真切切
就算时间 尽情变迁依旧深恋

如诗静默在万物间
那是带给世界的 所有呼唤
一起体会 就是生生不息的永远

龙 套

小时候我遇到过很多人。所以历经了很多时间以后，我看到了很多变化。就好像打开了很多本书，看到了很多很多个故事。和世间万千的故事不同的是，曾经，我都在他们的世界里，跑过或大或小的龙套。做自己这件事，很多人理解成为一种本能，但我更觉得这完全来自后天，当时的所有喜怒哀乐，所有的成功与失败。那些为人所见的，为人所不见的。仿佛只存在于别人的眼光中。

其实原本就不过想当一个旁观者，慢慢蹲下身，隐没在湖水里。清冽着所有感触，在世界颠倒的时候，希望能够伸出手平衡一下倾倒的桌椅。还是倒了的话，就静静地看一会儿，然后走开。扶不住的，可能，也并扶不起来。但理想国始终是始于理想，崩塌于现实，所有的一切并不是因为你的存在而在运转的。就算没有你的存在，世界上也一定会存在另一个人。恰好的，替代掉你的位置。独一而又平凡的你。

什么时候起，活着的每一天都更像是一个挑战。挑战外界纷呈的一切带给自身的影响。

嗯，人生就是一次一次地说服自己，to be or not to be。一千个哈姆雷特，你们想好了么？顺势而为好像特别容易，“仿佛让对方认为是自己主动得来的认知与成就感”。快速施展快速满足快速撤退。所有的过往都会沦为实验的一部分。一面修筑不可避免的自损一面用思考的方式自我安慰。

“显意识与潜意识的对抗，自我形象与人格阴影的对话。阳光下舞台上的自己与内心深处灵魂的自我，明显感受到彼此的存在。”打小我们就爱演戏，成为另一个人该戴上什么样的面具。勾画出心理图纸用他人的行为去理解他人的世界。这些面具成为灵魂的本身，太多具体的事物不可描述。为了理解周遭而存在，为了缺乏共鸣的自我而存在，为了一困倦就无法自控行为和思考而存在，为了敲打心脏，为了抽离。深入不了灵魂的，就深入骨髓。而深入骨髓的，必定敲打灵魂。

不可辜负的，或许唯有，生活，这一场戏。

从八十层楼坠落

有天我被我神经质的梦魇
拉到某幢楼八十层的窗边
晴空有风吹
让潜意识作祟
我突然感到压抑我好想飞

站上了窗台我把手臂张开
想想反正在梦里也无所谓
就算是幻觉
也体验一回
看世界倒置飘落城市的烟灰

腾空后耳膜震动华丽下坠
气流扰乱我内心平静山水
急速风景终于翱翔这世界
就是要真实感　要不就更虚幻

掏出手机照了个翱翔纪念
背景有三十层谁惊愕的脸

才依稀发觉

那人声鼎沸

我的行为已成为众目睽睽

热闹或揪心张三还是大卫

地上是什么情绪装饰着谁

看客为结尾

等得很疲惫

我只想把充气垫当枕头睡

弥　补

一个人在心里放弃了某样东西，他一定会在某一处拼命想要去弥补它。我把它称为一种本能，又或者多年以后想起来，依旧不知如何是好，唏嘘不已。我也很奇怪，自己是什么样的动物，有时候像一个有灵魂的人，挣扎着，挣扎着。有时候为了某些东西以为一定会坚定得不行而失去了理性，有时候不知道自己为什么要这样做或者那样做，连自己都得不到自己的肯定。

我就这样了，日子越久，秘密越多。我至今也不知道，自己将会以什么样的姿态展开。甚至不会知道，自己在做的事情，要做的事情，想做的事情，能做的事情，所有的事情，会不会四分五裂。还有喜欢我的人和曾经被我喜欢过的人，伤害我的人和曾经被我伤害过的人，他（她）们又会以怎样的形式出现和消失。我不能深究别人并不愿意去深究的事情，这样太残忍。与其对别人残忍了，不如对自己残忍。快乐或不快乐，幸福或不幸福，是好难的是非题。为什么在这样一个欲望世界中地总有些人可以那么简单地去得到答案。

北京这座城市正在淅淅沥沥地下雨，我的脑袋开始不适应这个城市的湿度，每天都带着帽子。还是忍不住要多一些废话，虽然害怕有一天回来的时候也会沮丧。毕竟，各奔东西了。

哪怕说得再好，再怎么也要在一起的朋友们。终究，慢慢像蒲公英的种子一样散开来。让我觉得惊慌失措，光秃秃了那么多年以后，好不容易觉得自己温暖了一些的时候，又再一次要跌入光秃秃的境地。其实我一直在努力，当然我知道这还不够，虽然我有时候也不明白，为什么要把这么多地时间放在所谓的梦想上。然后却又再继续更多的投入进去，其实平淡的生活我并不是不能接受。当孤独地踏上这条路上时，我似乎每一步都在做好准备。但真的，一切如果对我本身来说。真的是无所谓，压力，动力，成败，我都可以在最后一笔勾销，我还是我，怎样都是那个我。

但是，我是多么喜欢身边出现的朋友，然后她（他）们也会慢慢走远，不知道是什么时候，让人紧张和害怕。毕竟，或许，我也算是个少许别扭的人吧，干脆点我就是个矫情的人。那场只有自己参加的激烈的斗争，最后也只剩下自己遍体鳞伤。没有太多的事，自己让自己累了，自己说服自己忘记，这也许就是一种弥补。

心主角

在人前妆扮闪耀
忘情着技巧
看世俗人们尽兴言表
无关紧要

酝酿着剧本美好
演幸福时的眼泪
是真的在掉
谁又想　先尽量独占头条
再自我嘲笑　我不要
徒有盛名寂寥

我是谁的　心唯一主角
走过这段红毯却不见拥抱
光影之间
纷纷扰扰
骄傲都被圈套

我是谁的　心唯一主角

虚幻的爱情电影没有句号

一帧一秒

都定格在寻找

时间远没有你想象的可控

远没有你想象的可控。但，祈望自己在最好的时代，最好的时间和最好的遇见里。夏天说来就来了。迎春花好像才刚败，满树的樱花好像还是昨天的景象，空气潮湿起来，前一刻还躁动不安的情绪也被雨前的烦闷沉沉地压制住了。不是冷，也不是热，不知是打开空调好，还是别开空调好。

一直以为自己不会盲从，清醒地看待整个世界。但人终究是唯心主义的，看看每日推送的新闻和公众文章，几句话就足以把人们煽动得七荤八素，各执一词，倒向天平的一方。就像在爱人的眼里，高冷，霸道，柔弱，抑或是蛮不讲理……统统都有脑补的反向赞美。你看不见我，但你听得见夜晚的声音，嗅得到空气中弥漫的潮湿气息，你坐在屋里，躺在床上，关了灯，举着唯一散发光亮的手机，睡不着么？也未必。

但你开始想象你的世界里有另一个存在了。清醒着做梦，把白日的臆想都搬上舞台，一遍一遍地挥舞着根本不存在的指挥棒，一打打，二打打，三打打……起承转合，直接上演，三分拍，谁管你，合不合拍……突然觉得口渴，起身喝水。于是情节里喘息的空间迅速收拢，所有的欢愉都在片刻窒息。

下雨了，人要做出抉择的事情，是不是越不果断，就会让越多的人伤心呢。我就猜到是这样，有的时候觉得，其实知道得越多的人，却不一定是做得最好的人。而一直以为自己什么都知道的人，也许一直什么都不知道。

我就是这个明明知道很多，却什么也做不好的人，我也是这个，一直以为自己什么都知道，却什么都不知道的人。可是，选择和控制，是一门很难很难的功课吧，是不是比写词更难？

这个世界上，有比写词更难的事情么？感觉自己做的好多事情，都不能做到最好，好多人会在这期间变得失望。虽然我不想再让别人失望了。

也或许，我们静下心来看看自己的心吧。看得见么？怎样才能看见呢？对别人的安慰，对别人说的话，对自己说，能一样有效么？我应该认真实现自己的梦了，跟着唱了好多遍，感觉每一句都扎在一个地方。朋友说过，要让自己看到希望才可以。

困，但不想工作了。懒惰的人类，总是悠闲到世界崩坏的最后一刻。

雪　海

我们从　没有想过
会遇到下着雪　的海
就像我们没想过
捡起碎的冰　心反而会比较暖和

海浪虚空冲刷走
沙滩堆起雪人的执着
我怕我们成朋友　像雪终会消退
在没海鸥盘旋的　灰蒙夜空

如果你能陪我看完　漫天的雪落回海
我多想做躲回你怀里的小孩
如果我能听你说完　雪不是消失在海
你是否承认心里　还有我在

如果你能陪我看完　漫天的雪落回海
谁不想随最后那片雪花离开
如果我能听你说完　雪不会消失在海
或许我们等来的　不只是残酷潮汐　回来

试验品

我假装在梦里把事情一件一件整理清楚，条理似乎清晰起来。我开始想简单的雏形，大致的形状，却依旧想象不出整体的效果。我不断告诉自己，这是一个自己可以预见的未来，是唯一可以把握的几件事情之中的一件事。但是依旧还在恍惚中，仿佛我看见的都只是些半透明的假想。生活也假装给我设了一道局，可惜我根本没法和生活那么去较真，在这些琐事上我没法和自己去较真，能保持平稳就是人生最好的事情。

冬天那些压抑的日子，让我想了很多，我从来是个倔强的人，倔强得连我自己都会惊讶。

于是我开始更强烈地拼，我不要安逸，

但其实根本不是我有多上进。我只是想不那么空。真的，也许就是这样。让很多东西填满我，让我得不到喘息，那些仰望着飞舞雪花，然后自言自语的夜路，其实没有那么冷。

当初春的美好覆盖了我，那些换季的气味我都能闻到，我一直觉得春天那么短，当柳絮漫天的时候，也就是春天该结束的时候了。我能感觉到它在挣扎。我也在适应着我新的生活，而我最喜欢也最挣扎的两个时间段，就是回到家时和临睡前，虽然它们也是如此的短暂，那时候我总感觉我是那么的清醒，似乎一切都能想明白。17 岁的时候我低着头骑着车，微风中有我能把握的快乐和忧伤。而现在都多少岁的我，却似乎有很多事再也看不到尽头。

我的心理状态和生活状态又开始脱节，我努力在假寝状态下多想一些正当的事，却在完全清醒的时候想要忘掉一切。我也不知道究竟还需要多久我才能找到属于我自己的道路，这说来很简单，做起来也会很简单，只要去做。可是想，是最艰难的。因为思考的人往往是因为懦弱。

干净的被子的味道，一觉醒来，自觉一些事情已经在冥冥之中失去了控制的能力。有些事情，只能在时间发生的时候，才能够进行，就好比我不能够在天晴了之后接住十分钟前天上落下的雨滴。弥补，是物质与心灵的，有的时候成为可行，还有的时候，隐藏关卡一瞬即逝。我们要下的决心太多了，恨不能成为机器，终日在监工的注视下永不停息。心里默默祈祷，这不是一个别人的试验品。

白岩

风浪拍打要我棱角磨完
有时会　没过但总会退散
因为不想和海混为一谈
沉没在　一片雷同的蔚蓝

我在酷日中把烦躁承担
然后在　寒夜凉透的孤单
但我信我曾从天上滚下
差一点　就把这片海掀翻

让我暴露在　这世俗外
哪怕无数的　嘲笑声　都当作被子盖
让我暴露在　这世俗外
再没路可走　再无法低头
只原地坚守　就如此的奇怪

让我暴露在　这世俗外
哪怕只换来　这世上　一些不同存在
让我暴露在　这世俗外

搬空了宿舍，却搬不空的回忆，这是我光荣与梦想的起点，也是我伤心疲惫的避难。

深入不了灵魂的，就深入骨髓。而深入骨髓的，必定敲打灵魂。

快乐或不快乐，幸福或不幸福，是好难的是非题。为什么在这样一个欲望世界中，总有些人可以那么简单地去得到答案。

祈望自己在最好的时代，最好的时间和最好的遇见里。夏天说来就来了。

当初春的美好就覆盖了我，那些换季的气味我都能闻到，我一直觉得春天那么短，当柳絮漫天的时候，也就是春天该结束的时候了。我能感觉它在挣扎。

想和这个世界保持的联系，是很微弱的。

一层一层，叠加在一起的话，就难以开始最初的想法。最上面的，不一定是你最想要的。然而不去做的话，就会叠加在一起，静静地久久地陷入停滞和等待。

告诉我，是谁让你生得那么无理取闹，是谁让你不断变老，却仍旧无法成长？

突然不知道这样的日子还有多久，无数的等待，无数的雪花落下，世界变得安静，风在窗缝里轻轻地低语。

忽然我发现 从那片海面 我看到自己

在那样纯粹地 泛着光芒

就等到岁月尽头

梦可以被击穿

永远不 腐烂

长大和长不大的

我知道，我已经长大了。我也知道，我的自我控制能力和一个孩子依旧无异，时常我举手无措不知道该干些什么，似乎等待别人给我发号施令，我害怕受到批评，也会逃避迟到的时候窘迫的心情，小时候我害怕数学老师的高跟鞋，长大以后还是一样。听见的时候背脊会发紧，她很严厉，我的数学很糟糕，每当听见她走进教室，我就会害怕自己出错。我把自己的头低得很低，只要目光没有交错，她就不会点名叫我起来回答问题了吧。

我害怕迟到，高中的时候我开始迟到，年级主任和德育管理处的老师会站在楼底下抓迟到的人，迟到要扣分，会挨骂，甚至次数多了，会请家长。我害怕父母的责骂，他们难过和愤怒的表情都让我无所适从，我渴望从长辈的话语中得到安慰，我害怕会被批评，以至听到表扬的时候心里也并不是高兴，而只是些平静。我想，至少我害怕的表情，是不是会被看出来的？

长大就是要学会控制自己，我依旧会因为害怕迟到而不敢去上课。我依旧不喜欢穿过所有人的目光回到自己的座位上，我依旧害怕自己一天里面做的事情会被父母说成是什么也没有做，我害怕得不敢入睡，却也做不成任何事情。长大就是要学会控制自己，我不断地告诉自己各种规定，各种条理，然后又看到那个胆小鬼一样的自己畏畏缩缩，看到自己在压力下面乱了分寸。看到自己一面告诉自己不能太紧张，然后却突然放空了，思绪一片空白。意识主体逃避的过程在事后总会引来更多的紧张，我也看到自己在特定的时刻回想起类似的场景和心情而感到绝望。在责骂声中委屈压抑然后歇斯底里，我看到自己在被子里蒙住身体大声叫喊。

我也感觉得到自己的疼痛，我会回想起雨天，我站在公车里的样子，雨顺着雨伞的一端流下来，身体很虚弱，心情却变得放松，就好像不被接受的心得到了解放。也看到自己坐在马路边发呆，看着汽车的轮胎转动着，看着骑自行车的人的脚机械地运动。看着路沿的尘土，还有一见到食物就会围成一片的蚂蚁。

每个孩子都有一些害怕的东西，那些只是过去，我已经不是一个小孩子了，我可以应付现在的问题，我不能逃避，尽管这样告诉自己，很多时候我仍旧不能很好地受控，心里那个不知所措的小孩会跑出来，会向我索要安全感。

剖析一下自己的心理，人类社会存在，必然会有规则和规定形成规律。还有社会道德观，身在什么样的国家，怎样活着正确，只有约束好自己，才不至于引起舆论。小的时候我总是这么对自己分析很多问题，长大了以后我突然觉得羞涩，把自己的问题暴露出来显得矫情和露骨，甚至觉得小时候做的好多事情，仅仅是因为幼稚和一颗早熟的心。

我仍旧会害怕别人不高兴的表情，我仍旧会心疼别人难过的样子，我仍旧不懂事地不明白自己做的事究竟是哪里让别人难过。然而，仔细思考以后，我觉得其实我都明白，然而人们却时刻对自己撒谎，自圆其说，自私，也因为自私而显得无私。勇敢地选择措辞是一件不容易的事情，我想，我又一次失眠了。我为自己因失眠而无法保证第二天良好的精神状态而感到抱歉。实际上，昨天的这个时候，我也仍旧无法入睡。

每当意识到这一点，我都会强迫自己去睡觉。可是，仍旧感到什么都没有做的我为此十分的愧疚，我也不喜欢这个没有效率的自己，但是我接受这样一个我的存在。连我自己都弄不明白，为什么一个人的时候，夜晚会惶恐。

月亮寂寞

月亮飘在天空　身边是那华美的星河
你背靠的山坡　换季的风声轻轻响着

花落是谁的错　或许这是上天的选择
你微笑的轮廓　在我假想的世界中闪烁

明知为何而难过
却固执地不肯说
月光流淌在你脸的左侧
就好像流星从黑夜划落

你问我月亮为什么会寂寞
我把双眼慢慢闭合
秋天的颜色　在我心中流过

你问我月亮为什么会寂寞
我沉默了许久才说
星星有很多　而它却只有一个

七年

想和这个世界保持的联系，是很微弱的。一层一层，叠加在一起的话，就难以开始最初的想法。最上面的，不一定是你最想要的。然而不去做的话，就会叠加在一起，静静地久久地陷入停滞和等待。不要逃，不要逃，快回来。

今天听到一个说法，七年一辈子。就人体的更新交替，仿佛也能当作道理听。而人这一生能有几辈子？然后就断了进入大轮回。感觉啊，似乎也没什么错。写这一段的时候，我还在路上撑着伞，昨晚很凉，今天太阳挺好。人好像还是需要回顾过去的。情绪上的回顾，文字上的回顾。你会惊讶地发现，原来自己这样想过。习惯性地纵容自己陷入负面情绪，随着引力倾倒，失重的时候也会有奇怪的愉悦，大概是一种释放。起伏，起起伏伏，这样的节奏里，跟上拍子，创造旋律或者故事，才是正经事。

你要写什么，是否真的需要为世人所见。

上一个七年你在做什么，这一个七年，你要怎么开始和结束。有了时限的话，会不会，就可以将自己安排得更好一点。七小时，七天，七年。身边的人来去匆匆，什么时候越过了山，渡过了水，捅破了窗户纸，撞不倒南墙，择路而行。一个巨大的谎言，一座暂时看不到边界的城池，一种近乎虔诚的诚实。

仿佛蝉与人的一生。所以夏天又来了。这次好像没有人催着我走了。越来越深，越来越沉溺。把身上的累赘一件一件套上，再一件一件卸下。此时的自我，孤独得好像从未拥有过。一件一件，乐此不疲。一件一件，来去往昔。

谁回来了。带着陌生的面孔，从未听过的嗓音，似曾相识的气息。走，继续走。不要真的停留。让世界流动，直到充盈，直到亏空，直到每一次律动都悄无声息。

手指按下开关，这里要重头开始。做一个不要太坏的总结，从新生到衰败，从衰败到新生。带不走的，存进脑袋，作为念想，待它长存或消亡。

杯子寂寞

是否杯子太寂寞
才承受滚烫的水
以为惊喜的温度
就似乎爱的渴求

或许有天水慢慢地温了
杯子也会舒服自得
或许享受生活的感觉
未必贪求幸福有多久

如果你是倒进我的热水
放弃蒸发天空的自由
能否换来彼此永远停歇
谁忍喝掉厮守

如果接住你的杯子是我
忘了怕破漏多紧拥有
能否别发现你都冰冷后
再倒掉就好呢

我需要一个保姆

一个人的时候。原来我就是这么一个变态的家伙。没有人的时候我从来不记得要吃饭，不记得要喝水，不记得要整理房间，要洗漱，要穿戴整齐，要怎样怎样。时常等我想起来的时候，总是忙到了很晚很晚了迟了好久好久好久，时常必须意识到再这样下去就要连自己都看不下去了，才迟迟缓缓地移动起来。饿到忘了点外卖，想给朋友打电话，想了好久，才想起来好像大家都挺远的，谁也不可能因为我饿了就出现。我实在觉得，我需要一个保姆了。

那天开玩笑说，我要找个保姆，帮我整理房间，打扫，洗衣服，时不时还能给我提点新鲜的建议，在我饿得快死的时候强行把我拖出屋子，陪我吃饭，陪我聊天，看我入睡。不对，不能是在我饿得快死的时候，得在正常就餐点把我强行拖出门走走，吃个饭。于是朋友说，哪会有这样的人，你绝对付不起这个工资。

我笑了，我说，我相信会有人崇拜我崇拜到不行，爱我爱到没治，然后为了全力支持我毫无怨言。虽然这话说的就像是做梦，但确实，我都是在做梦，我做各种各样的梦，有些梦不太好，那么就期待梦见好的。有些梦发生了，那么就相信它会顺其自然。有些梦我们没有等到，那么就祝愿它去了好的地方。有些梦失去了，那么就给它一个温暖的亲吻，生活永远会推送给你一个新的可能。

灯光太刺眼，晃得心看不清。我总是避开直视我眼睛的光，有时候太强烈，就会让你流眼泪。但是你不能不去想想它的好，因为它温暖了你。所以你还是得，试图去理解，存在的必然，每一个人的不同。每个人的不禁，想通了，你才会快乐。

豆瓣电台真是个猜测你喜好的天才。哪怕漆黑的院子里只剩下你一个人。它还是找到了让你快乐的方法。moon river，假使现在你入睡，那么就该轻轻地唱。我想起以前家里那台坏掉了的音乐台灯，轻轻拨动齿轮，金属片相互敲击的声音就发了出来，我小心翼翼保持速度，好让它奏出完美的摇篮曲。好了，告诉我，是谁让你生得那么无理取闹，是谁让你不断变老，却仍旧无法成长？唉！

我说的不算

阳光很好很适合去懒散
可心情却都被这乱糟糟给搅乱
早说过要去墨西哥狂欢
现在却只是在街上瞎转

银幕墙把该播的都播烂
而我还在想到哪里去吃些早餐
或者找家店买个救生圈
以防被生活的大浪卷翻

还有什么比超短更性感
还有什么比谎言更泛滥
我虽然惊了却又没惊出一身冷汗
记得骗骗你哄哄他钱是不是就好赚

一切都结束吧你肯定不干
一切都重来吧我早就厌烦

到了巴黎就忘了铜锣湾

抬头就可以向巴比伦铁塔宣战
谁愿一辈子做只笨狗熊
我就要逞能我就是英雄

动物们都逃到火星避难
地球只适合人类去繁衍去纠缠
借钱也不还责任谁承担
到了最后谁看见谁都烦

还有什么能比床褥更乱
还有什么能比噪音更欢
好想找无数个塞子将耳朵全堵满
清静一下心境我就可以对着自己念 someone stop me

一切都安息吧天真的好蓝
一切都清醒吧我说的不算

道别往往太矫情

突然不知道这样的日子还有多久，无数的等待，无数的雪花落下，世界变得安静，风在窗缝里轻轻地低语。改变也会半途而废，我们在做些什么，缺乏动力，没有你的赞扬，没有贴在额头上的红星闪闪，没有手心里攥出汗的红花纸片。

我想起房间里的光线慢慢变暗的时候，坐在粉绿色的桌子前面，我望着角落里竖起来的柜子，我曾经期待在生日的时候收到幼儿园老师的礼物。每一次妈妈带我去逛街，我紧抓着她的手不放，走散了，我站在人群里哭，心里害怕着，是不是妈妈不喜欢我了，是不是大家都不喜欢我了。

墙上的好孩子奖状不见了，箱子里五颜

六色的石头不见了，家门口的煤炉不见了，白到发黄的冰箱不见了，胡同口喊我的孩子也不见了，推我摔倒的发小也不见了，在耳边给我讲探险故事的同学也不见了。

我坐在桌子前面，老师下班了，我一个人穿越幼儿园，从教室走到卧室，卧室里漆黑一片，过楼梯，二层楼的天台也不再亮堂，我又一次走回来，站在卧室门口哭起来。妈妈来了，院长也突然出现了，妈妈用手帕给我擦鼻涕，然后她们开始说话，然后妈妈拉着我的手走出去，对我说今天来晚了，会给我买好吃的，我用生硬的话和院长说，再会。

告诉我，为什么要我记得那么清楚。醉酒以后我拿着手机给谁发过短信，写一个字，删一个字，离去的时候没有落下一件东西，每一件事都清晰如初。告诉我，为什么要我记得那么清楚。每一个事件都不断地浮上来，只是，其他的角色，所有的称呼，都渐渐消失。告诉我，你为什么要藏起来，躲着留眼泪，我不明白，现在也不明白，不想明白，为什么那么复杂，为什么那么矛盾，为什么他们相互伤害，却还是在一起。

天空上面，喷气式飞机留下长长的，白色的尾痕，在城市的上方，好像天空被隔离，城市上筑起高高的看不见的围墙，学校里面的孩子整齐地做着早操，队尾的孩子小声地讲悄悄话，不知不觉离开了队伍那条歪歪扭扭的线。

世界从红色变成蓝色，矛盾被隐藏得越来越深，夜深的时候我开始心情低落，Lonely Christmas，不停地循环播放，你走进屋来，为我挂上圣诞老人的不织布挂件，放下还热着的盒饭，不知是第几回，原谅我远远离开喧闹的世界。永远在等待世界安静下来的那一刻，只剩下寥寥几人，静静地说话，把手边的零度可乐一饮而尽。我们原来远离回忆那么久，我们原来走得那么快。

走得那么快，忘了去看周围变换不停的风景，那些同演一段回忆的人，现在都在哪里，像连环书里的立体卡片，翻过去了，没有再翻回来。阳光又来了，闭上眼睛，时间过得太快，透明的红色，是不是你也想寻找另一个你自己，感同身受地，了解你。

米卡罗

南下老火车　漆黑夜穿过
隆隆的颠簸　后退的灯火
远处的小镇　紫罗兰飘落
哪里的承诺　化旅程段落

摘下礼帽默念诗歌
从何时情怀都脆弱
像隔窗把萤火虫触摸

如果永远夏狂热　是否也化茧成魔
如果比秋风冷瑟　难道只隔岸观火
曾被多少人爱过　又为多少人错落
忘了信徒的执着　只换了口红颜色
忘不了　米卡罗
那么你　又会是谁的

如果永远夏狂热　是否也化茧成魔
如果比秋风冷瑟　难道只隔岸观火
那就轻轻哼一首　被人遗忘的情歌

如果遇到一个人　又给你燃烧的火
不再想　米卡罗
这是你　余下的闪烁

就让那名字不再起伏
或许永恒就是推倒时光沙漏
是不为再重头

要好好的才好

我喜欢漂亮的孩子，外表也好，内心也好。曾经羡慕每一个漂亮的孩子，包括乖巧的眼神，小时候的我赤着脚站在野地里弄得满脚的泥巴，上了小学的时候还不怎么习惯穿鞋，我晒黑了皮肤之后再也没有白起来，小时候总是仰着头看月亮跟在我的身边，长大以后还是习惯性地抬起头，天空很高，它让我觉得很放松。

我羡慕会说话的孩子，我羡慕家长和老师的夸奖和欢喜，我羡慕礼物和玩具，长大以后还是买个不停，我甚至不知道我是不是真的是因为想吃才买，也不知道自己是不是真的会玩。

嘴很笨，于是可能保持沉默比什么都好，

我知道自己不是，我是我自己，变成什么样子都只能是我自己，于是我不再幻想自己会变成站在前排的某一个同学（任何一个）。记不记得有一个视频，一个小孩子做体操，标准到很搞笑，小学的时候我就是那个标准到很搞笑，搞笑到很丢脸的小孩子。

老师用委婉的语言解释的时候自己都笑了起来，我想我不知道我是不是天生敏感，只是从那以后我总是盯着前面一个同学的动作小心翼翼地假装懒散，我给自己越来越多的框子，我一边内心挣扎着不想和每个人一样，告诉自己或许可以做得更好，一边胆小害怕畏畏缩缩，妈妈说，我是因为自卑。

总是一边给自己压力，一边放纵自己浪费时间。总是一边希望自己健康，一边不给自己睡觉。连我自己都知道，连我自己都知道我已经是一个大人了，虽然心理上不能接受，但是做什么事情还是得像个大人一些吧。

我在学着控制我自己了，虽然进步很慢，但是，回顾10年，总还是有进步的吧？可能退步了也不一定，是的，有退步的地方，比如说，我现在没有那样的动力和灵感了，做什么事情都不难，难都是难在坚持上。我对成功有略微的恐惧感，所以坚持对我来说，真的没有爬楼梯那么简单。

框框带给我的，是出格就会受人眼光的那种恐惧感。可是，我不是为自己活着的，也许很难有人能为自己而活。凡事都有两面，羡慕也是一种只看表象的行为，然而这种感觉却让我觉得愉快。是的，看到别人好起来，我反而会愉快，真好，真好，真好，每一个都要好好的。看到美好的事物，是可以让自己开心起来的吧。

上帝造人的时候为什么要把人造出那么多种复杂的情绪呢，要好好的才行。

眼见为虚

承载全球美梦的流星　爆炸的燃烧体
精致无暇涂的粉底　藏匿皮肤沟渠
雪花浪漫飘落在手心　被迫坠向引力
忽远　忽近　透彻怎么煽情

这城市在光天化日下　帷幕拉起
呈现哪面就够相信

看　闭上眼从回忆
你拥抱我是为离开　我配合的笑意
转身再演砸的哭泣
曾面对面的亲昵　到背对背望去
这画面的差距　难道是眼见为虚

看　睁开眼却清晰
你的幻影竟然回来　说想要再一起
我不能再狗血下去
让阳光救活眼睛　让黑暗吞噬心
我大口喘着气　幸好是眼见为虚

顺其自然没有什么错

回家了，这种感觉，就像是急急的满怀期待，一路奔走不停仿佛前方有什么你必须寻找的。然后在到达的时候，在打开家门的那一个瞬间，我居然不知道自己在做些什么，我不知道自己在这里做些什么，又觉得有什么空空的，空空的。

我该忘了自己说过什么，我该忘了自己曾经是什么，我该重新开始，然后我笑了，哪有什么是可以重新开始的，这种时候我的脑子又乱了。我有太多事情可以做，也有太多事情要做，我从来都排不好顺序，因为我从来都排不好顺序。我该忘了自己说过什么，然后坦然一些，突然觉得无论我身在哪里，我面对的都是孤独。自己给自己的，活该的，是自己想要的么？我已经没法去解释了。

幻视，我总是不断地看到空、空、空。我不断在脑海中模拟每一个人看见这个形象时的反应。即使人们入睡了，即使时间在他们入睡的时候停下来不动了，或者说，是飞快地过去了，但是，这个形象都会一直存在。一直存在，越来越形象化，我不断不断地看到你，我不知道这意味着什么，我甚至越来越不明确自己这种想法是因为什么，晚上我抱着枕头睡觉，然后，即使身边有人在，我依旧会抱着枕头睡觉。大概是有一天晚上，我被踏实得很温暖的怀抱感动了，我睡得很踏实，然后就开始向往，小的时候的确一直很向往，但是人的确是很奇怪的动物。

好多事情是相反的，我记得我那天晚上不停地重复着，那天晚上我的脑袋像是被上了发条，不断地仿佛是无比清晰地思考各种问题，是谁一直陪在我的身边给我抹唇膏和递水，我在副驾驶座上思路飞快，语言已经跟不上我的大脑，于是我好多时候只是在自己的大脑中自言自语而没有办法说出话来，我就那样傻坐在座位上一个通宵，一直坐到看到太阳出来。我的心晦涩矛盾敏感不安，太多的不安充斥在里面，需要不断地抚慰也知道没有人能够把它平整起来，于是我只好相信顺其自然没有什么错。

花眨眼雪

我在山穷水尽前
想挽你走过昨天
可惜你那么冷的侧脸
冷得我　心生悯怜

你要的光荣晴天
像花园悬在崖边
我远观　又怎么　可以亵玩焉
只和想念站街　两边
任这城经过这残缺

你微笑在花纷飞间
我却看到漫天风雪
眨眼间　像更迭三千年
我抱你　幻灭了这夜

我捧着花瓣吻你脸
却发觉雪融在心边
眨眼间　像空出三千年
留给我　欣赏这改变
留给我　爱上这决绝

我们无法留下的青春

当我被日复一日的打卡生活搅拌得快麻木的时候，当我开始按照轨道快速奔跑却又四顾茫然的时候，当我已不知是否一个人独来独往才是生活的时候，当我无论心里面多难过都可以随时笑出来的时候，我收到了你的信。那是一种错愕又恍惚的感觉，我感觉时间被静静地包围了，我不知道我多久没收到过信了，那些字里行间的感觉，文字从纸张蔓延到视觉覆盖到心里的过程，这份情怀像是早已经被各种高新科技给褪去，放在了多远古的世纪。而你在，遥远的美国，那里会不会更冷。

你说，物质可有可无，名声也终归是虚无，还是要保重身体。谢谢你的这句话，它点醒了我，让我重新开始坚强，或许是环境变了，有时候整个人都会不自然地安逸和无聊烦躁，忘记了最初的一切，只贪图起所谓的未来，是的，我错了。也有太多人说过类似的话，但我更能听出你话里的真意，这一刻我清楚地知道你是真的在乎我的人。

你说，你终于逃开了北京的冬天，但却发现，哪里的冬天都不好过。或许从初识，我们就了解到彼此都是倔强的人。都是一个决定了就不曾回头的人，所以我们才会放彼此走。但不管怎样，我们都要长大，也都没办法地要长大。我们都要好好的，这才是最重要的。爱情总是会褪色的，但美好的回忆将会长存于心，你会不会明白这句话呢？也许我也不明白，或者根本谁都不明白，只有漫漫的时间明白。

这些话就当是无谓的感叹吧，但其实什么又才是最重要的呢？谁都不会是谁的插曲，谁都是谁最深的意义。也许，我希望有一天我们会成为老朋友，有一天可以一起去看彩霞落尽在山头。也许，我们到时都已各自忘却。也许，我们已经不用再寒暄。也许，我们只是一脸的笑容。也许，也许。

为什么我们一下子就感觉彼此都老了呢？还是我们终于感觉到，我们无法留下的，青春。

一滴还爱你的泪

离开瞳孔的我
望着你的背
默默地陷落大地的黑

土壤住的水
不理我憔悴
我也忘了该拥抱花蕊

直到阳光倾泻
身体都瓦解
腾空的回忆是否很美

当我慢慢飞
那片天空
能给我谁

我习惯了沉睡
我怕极了沉醉
还好云层搂紧我想念你的悔

数着四季更迭
懂得昨日幻灭
漂浮给我黯然的欣慰

等来天堂机会
身旁相伴同类
为何有天却拨开云层寻找谁
为你而生的泪
还要相信后退
忍受你仰望时的 心碎

电闪雷鸣的夜
终于不顾一切
化为雨我情愿的坠

避开千山万水
打落在你眼眉
用一刻爱你对不对

生 日

生日，有人哭、有人笑、有人叫、有人跳。只是，我们看不见自己的脸．不知道它是什么表情。

我只觉得很累。累得，有些东西已经没有办法宣泄出来，控制，控制得有点麻木。从那一刻起，我才知道原来这个逃都逃不掉的世界还是在我的身旁。它注视我，环绕我，嘲笑我，侵占我的眼睛。

原来奋起也好，挣扎也好，等我折腾累了，不过是一种画地为牢的无奈。依旧只能蜷缩在这个世界的脚底下，它也只会冷冷看着我，不发一言，因为它知道伟大的权杖，始终紧握在它的手中。一切都晚了么？我想有些疑问的提出本身就是很值得疑问的。原来是这样啊，原来是这样啊，原来我没有。

阳光真好，多少岁的蜡烛熄灭，就再也无法点燃，没等我吹灭，原来它都已经安排好，并不打算给你任何心理准备，准备了，又有什么用，都已经安排好了，准备又有什么用，挣扎又有什么用，哭又有什么用，笑又有什么用，心愿许得仓促，许了又有什么用，就像意见箱里的一封稿件，直接会被丢进垃圾桶。

我知道，因为知道得更多。所以更加无法控制。生活是不能强求的，很多事情都需要我们去死磕。性格暂时无法改变，被情绪拉着到处转，突然又进入了一个怪圈，自己清醒着无法说服自己。人生的确是如此，愈到中间愈是变得复杂。现在我才明白，原来我没有遇见过的情况还有很多。并不是和小说里说的一样简单，随意变换着剧情。除了控制力以外，我需要得到的能力还有很多。当然最大的还是控制力，不要再逃避了好不好。

你一次次摇醒我，要把你自己的斗志分给我。我和每一个人都说，你是我的顶头上司。你让我明白我有多么不会控制自己。同样是射手座，我们都是奇怪的射手座，你那样坚持，变换着自己的角色，你没有放下我不管，是我差一点又丢下自己不管了。

情绪乱得一塌糊涂的时候，我才开始想家。我要的不是眼下这种生活，但我不会告诉唯一关心我的人。嗯，不要嫌我回答得太少，我原本就是不存在的事物。

我们不是神，我们控制不了一切，只有让一切来控制我们，你所说的渺小，是我们在世的每一个人。世界也许是完美的，不完美的，是我们残缺的心。活着的意义，是因为世界这场戏剧，还需要你这个角色，虽然没有落幕的那一天，而你终将要退场。

叛 逆

靴跟与地板的摩擦
在空荡大厅回响的一下一下
男人抽着烟不说话
走在游廊望向一幅幅的壁画

浴室的流水声好大
像是叫喊在蒸腾的雾里嘶哑
女人对着镜轻揉发
然后抚摩起满是吻痕的脸颊

不是太怀念过去　是只有过去
男人披上灰色大衣　推门而去

不是眼前不清晰　是带上面具
女人换好新的内衣　开始哭泣

爱给的够不够叛逆　为了忘记她一次次地走进回忆
让痛痛到无法呼吸　像感受悲伤一样体会美丽

爱给的够不够叛逆　为了伤害他便率先伤害起自己
让魔鬼长伫在心底　像沉溺悲伤一样堕落下去

打心眼里不去思考未来

爱，是这个世界上最可怕的咒语，再听这样的句子，我会轻笑。恍惚之间，我都忘了自己看的电影情节。今天豆瓣电台放的都是我喜欢的歌曲，好像在告诉我，自己也会好的。我只是想让自己痊愈，如果无法痊愈，就让自己别再受伤。破酒戒是两个月以前的事情了，每次喝酒，都会头疼，这不是喝酒带来的那种头疼。每次头疼，我都好像又一次倒下去。看着我每一次怔怔地捂着脑袋出神，朋友们都会关切地看着我，好像那个并不是我了。我终于也放弃了许多，这一生，爱情不是追求，钱财不是追求，地位不是追求。明白那么多意义又有什么所谓，平白无故很多自我捆绑。我只求健健康康，快快乐乐，舒心活着，都什么年代了，活着是件不容易的事。

人生几何，先作乐。一直觉得高中时候画室里面凋谢多日依旧插在玻璃花瓶中当画画素材的玫瑰花才最美，总是觉得花只有完全枯萎之后才美，但青草和绿色的叶子却可以永远那么蓬勃。最近笑得多，打心底里。不去思考太多，未来怎样并不太担心。反正所有的艰难险阻到了该来的时候会来，该过去的时候就会过去，偶尔一闪而过，从头上便让它消失无踪。

健康首位，开心首位，向上向上，其他统统一边儿去。人生又能有几回这样的时光。

直到我又开始喝酒，当然从来超不过三瓶。渣酒量，喝完就呆呆地出神，然后入睡。算了，平平静静就好。依旧是自己做饭给自己吃，看着永远吃不完的饭菜，很幸福，对不对。没有了爱情，看着一屋子舒适的空旷，依旧可以很幸福。自己在家的时候，就做个咖啡给自己喝，朋友们来了，就开心玩闹，让外卖协助，一大堆人坐等上菜。不再为别人下厨房，也不再为别人伤自己的心。对，我只希望自己开心。似乎明白了一些东西，独自一人，就可以独享了整个世界，不是吗？就不会伤心了。于是，晚安，早安，新年快乐。

年华无声

踩过石板路落叶的细碎

作客长凳的阳光

穿越街角滂沱的大雨声

彼此间无心的触碰

肺腑的情话

表情都跟着飞扬

像朵含苞的花就要宣告一个梦

轰鸣的机场

人潮熟练地分离

多少次了　泪水不该　涌动

以为惊动了一切却忘了年华无声

以为还有以后所以谁又说得准

才发现　原本痛彻心扉的其实还没懂

就任自己遗落在风中

慢慢地　决定了要放纵

以为惊动了一切却忘了年华无声

以为还可以喘息再玩最后一把

才发现　已经舍弃了其实都只是过程

就任彼此活在怨念中

随便爱　随年华　也无声

第三章　错觉般继续

表　面

有人说得对，我真的已经流于表面了。得到 VS 失去？我还是选择努力快乐地去面对。

我承认我是变了，但我也相信我会坚守住真的我。不管我在哪片天空，拥有什么样的翅膀，谢谢命运的提醒，我差点就忘了谢谢。

现在的心情是寂寞的，那种一个人漫步在暮色河畔的寂寞。虽然身旁没有风，也没有景致的夜景，但我可以学会闭上眼，让记忆流成一片海洋。已经快忘了是从什么时候开始喜欢上写歌词，并且就真的这么一直写下来了。一篇两篇，一百篇两百篇。也不知道会不会被别人用，也不晓得能换来的是称赞还是不屑。这我都不管，我像是活在一个边缘世界的孩子，奔跑在一望无垠的旷野，追逐着自己的月光。我不想让谁懂，只想让我的文字有脉动。

从小就基本上还是会很听父母的话，但渐渐地，内心却像是被逆转了一样，有那么一片小小的土壤，竟然渐渐开出了一簇簇希望的花，倔强地向着天空。这难道就是种飞翔？写词是寂寞的，就是那种能感到文字和心跳结合起来的寂寞，像璀璨的流星闪亮天际，像一根羽毛渐渐地飘落，像凌晨的某一瞬间城市的路灯全部燃亮，或者可以这么说，所有的创作都是寂寞的，一个人对着电脑，把手缓缓地放在键盘上，其实这才是最真实的自己。

也不知道明天能怎样，也搞不懂人际的纷乱。不愿低下头，又没多么的坚强。脆弱，疑惑，迷茫，无助，多愁善感。我可以一口气写出太多的词来描述我的此时此刻。其实我也知道挣扎是拖延，不需要多久就要咬紧嘴唇跳出去，努力擦干眼泪，起身向着前方。

你会不会有这样的经历，刚刚提起笔，泪却先撒在纸上。是为了一个深恋已久的女孩，还是为了让别人了解自己而难过的左右为难，更或者是没有任何目的而单纯地将委屈释放。其实谁能懂得你，谁又能懂得自己。

我不闻不问，这样才会好过一点。叹一口气，也许会更有勇气。一个人就这样走，走过漫漫夜路，走过灿烂星光，走过黎明花海，走过白发苍苍，这一路上会有多少人陪伴我，我又会走过多少人的身旁？我只知道，我会一直走下去。决不回头，想什么过往。

红与黑

还有多少　热血　红的无畏
拿下夜城　夜空的星辉
但怕过没　埋伏在　角落的黑
空的荣耀　最终留给谁

这世界的红与黑
是否错与对
可天都在看
人都想得美

这生命的红与黑
是否进与退
我们的良心
蒙了一点灰

还剩多少　的牺牲　还没免费
生不逢时　眼红都不配
庆幸的黑　光明得　索然无味
而这结尾　显然没结尾

这世界的红与黑

是否错与对

可天都在看

人都想得美

这生命的红与黑

是否进与退

我们的良心

蒙了一点灰

低贱　高贵　让位

融汇　敌对　再没　所谓

错觉般继续

黑色的蓝光机，怎么连也连不上的网络，永远也打不开的Word编辑栏，晚上出现的错觉。突然不敢入睡，从来没有想过要搞清楚的问题，突如其来的习惯，没有缘由不知道是不是该问一句是不是在下棋，观棋不语如果那是一局，那么就保持沉默，现实和虚幻照样在交错。

很多的错觉，包括时间，包括年龄，包括感觉，包括争吵。包括有点费劲的思考，包括妥协，包括无法预知的顺其自然，难以相信习惯这么容易形成导致我甚至后悔说出了有关于习惯的秘密，让借口见鬼去吧。想办法去解决或者干脆什么都不想，究竟哪一种最好，你可以都尝试也可以随机地决定。

自己真的靠得住么？到底是错觉还是真

实，到底是假象还是真挚，每一次看见一点点希望的光芒。都会因为它炽热地成长从而害怕灼伤宁愿让自己沉浸于黑暗，我想做好的事情很多，被需要的人会为自己增加存在感，哪怕劳碌无休，自虐般失望的心理真的会使一个人在无形中慢性地自杀。

我想要重新恢复一些规律，那些只要坚持只要不断累积就可以使自己成功和好起来的部分规律，我知道一个人不可能太好太好，太好会很累，活得太累会不快乐，不快乐的人会极度压抑，压抑会使一个人抓狂，我们必须出门去走走。

总在想闲下来时做什么，可以做很多很多事情，继续写我的歌词，继续翻那些书，继续看球，继续逗猫，继续观察自己，继续洗衣服，继续打扫卫生，或者坐下来用最烦琐的程序喝茶，花好几个小时来做饭。上街看路人，打磨一块可能一雕就裂的石头，继续一切事情什么都可以，然而真正闲下来的那个时候我却只是发呆。好像是紧张以后的一片空白，我入睡和坐车的时候都会想很多问题并且偶尔的寻找到答案，可是我却再也没有那把好记性来重复历史以及积累，于是下一秒钟我再次觉得填满的部分变得空虚。

我会试图听和看许多故事，我在心里不那么细致地把它的情节揣摩一遍，不那么聪明的，又从中去猜想它的合理性。小的时候一个故事我能给出无数个结果，无数种可能，然而现在我似乎不能了，我忘却了故事中的人物都是虚构的，我忘却了执笔者是主宰他们的神。反被操纵的人和事向来都很多，我什么都不想再想，我只愿忘却所有的一切，我只愿罪会被宽恕，事件会被遗忘，时间不会停止。终有一天我会死去，在我的意识里一切都可能会完结，不管在别人的意识里我是否还会依旧存活。

但愿我醒来，秩序正常。

你比海更美

我犹豫在蔚蓝天空　为翻涌浪花感怀
像光降落沙滩
没人比我更爱你　能不能忽略未来
再说是否离开

也许在风中徘徊　会平安找到出口
难道是一瞬间　你的笑我不再诉苦的刚才

你比海更美　眼看海还在
你比海更美　景色摇摆
你比海更美　只有我想回来
你比海更美　梦有点快

你比海更美　只剩海还在
你比海更美　云起潮湃
你比海更美　只听见故事在
你比海更美　你不明白

感情之外的事

人在进化中趋于“完美”，想得到的，往往都是欲望的累述。而欲望的本身，却极像是把你推向不完美的罪魁祸首。而往自己灵魂里面添加的调料，都是渴望得到的样子。原来我也期望得到一个“我”。一个崭新的“我”，全知全觉的“我”。甚至这样我就可以和“我”分离，走上另一条道路。两极分化并不会很痛苦。只是，复杂的人性而已。教你做人系列。大道理没有用。生活待你如狗，你却以为你是自己的王。孩子，我怪你年轻，所以你还固执着。原来心态早就变了，这只是命运给你的嘉奖。我看着生活待你如狗。

所有的关系，远的近的，相互的。即便

是干脆躲在世界的尽头旁观，这本来就是一场心理游戏，不是暴力征服，不是肉体的降伏。是的，而不容许你有丝毫作弊的游戏。操控者与受控者，谁占了上风，殊不可知。那只是站在彼此维度上的自说自话，精神与躯体的操控，究竟哪样更强烈，殊不可知。起码你要享受啊，人生，快乐才是终点。给予对方精神上的痛苦，那不是一个好的人该给你的东西。不要给他/她太多对方无法承受的东西，你会失去他/她的。更多的时候，更多的东西，需要你自己去给予你自己。别舍不得给。舍得给别人的，都同样适合给予你自己。

愿一世天真，愿一世无邪，愿一世清醒沉醉入梦。

所以啊，如果知道独孤一世，也不用太灰心。因为仔细想想，往最终极的维度去看，如果不是独孤，那也就不对了，因为这个框，就这么大。到边缘溜达一圈，如果你不把目光看向远处，也许，我是说也许，你还能拥有这个框里的全部。人总是心志向太远大，而身边的一切，却又不去珍惜。你怎知道，你放下的一切，没有一颗，是你的行星。你紧握着行星，它只会走向灭亡，却迷失了它应有的轨迹。有的时候觉得太懂事的人，多半，都太伤心。而安慰这种东西，多与少，给，或者不给。虽然不是徒劳，不是无济于事，却作用微弱。看太透的话，存活着又代表着一种什么高不可参的意思呢？

所以说，感情的事，感情用事。感情之外的事……

杯中风光

菊花悠然来到
释放前生积香
尽情地浸出它的笑脸

水纯净地接受
不挣扎不洒脱
满溢彼此单薄记忆变了茶

慢慢炮制的　慢慢地融合岁月
你会把谁也慢慢浮现
杯中风光　沉浮之间
早知道随了缘
又何必自找牵连
在恍然中懂得了交汇这久远

杯中风光　品味之前
怎么为杯外世界　浮想联翩
原来爱是相视一笑醇香自鉴

不仅仅是想念

我心里面一直有一个宫崎骏式的梦，我也相信无论年岁有多大，相信的人总有一颗会飞翔的心。在那个瑰丽的世界里，也许都是虚幻且美好的，但还是想再做一个梦。

幻是一层，幻想又是一层，他们相互依存，又相互不同。幻想就像是幻长出了翅膀，幻却又永远牵连着幻想的心。就像龙猫的夜城，捧起了爱人的脸，就像窗帘舞动的空房间，呆呆看着梦醒后的浮云。幻与幻想，确实是一个宫崎骏式的梦，是那么美好，动容，不泯。而眼前的一切呢？

不知为何，有时突然觉得自己很空。空得就像只剩下一具壳，有太多东西准备填满它。它们排着长队，各自重复着，严肃地，叫嚣着，自己的重要性。可是我的脑袋像罩着一个坚硬的磨砂防弹玻璃壳，没有一条沟壑，没有一道凹痕，没有什么进得去，也没有什么出得来。

人通常并不是不明白事件对自己，对人生的重要性。然而，当一个人始终都无法明白这些事件对内心的意义的时候，事情就变得寸步难行。所有的东西都有着不一样的外壳，可是现在它们在我的眼睛里都没有丝毫能够让人喜悦的光芒，仅仅是东西，仅仅是事件，仅仅是在浪费我的人生。我们并不想用谎言去给人一个根本不存在的希望，也感到这样会令人厌倦。可是不知道为什么，我精神上的“家”会突然消失了，这个虚设的安稳感突然完完全全的失去了它的本质，它没有了本质。

就像这样，如果我被自己塞进了浆糊罐子里，不自在，却又丝毫没有出来洗一洗的动力。出来又是为了一些什么呢？我们所做的一切都是为了什么？一切的疑问只是苍白无力的自说自话吧，所有的美好突然都变得黯淡失色，我想做的选择，犹如一场错失便会懊悔的游戏，无法取舍更无法得到。没有取舍，也就没有得到。只能靠自己，也只能靠自己，或许这只是一个无可奈何的阶段。

就忘记现实吧。在那么繁重庞杂的世界中，找一个小角落，蹲在那里也没关系，矫情也没关系。不需要去讲什么，也忘了去要什么，让心自然地流动，闭上眼去追逐那个梦。爱，不仅仅是永远，我，不仅仅是想念。

幻与幻想

眼前这飞满萤火虫的夏晚
华丽的城堡在窗外一闪
不泯的相守是糖果盒旋转
透入空气的纯然

谁要管屋顶会有龙猫陪伴
宁静你我只叹恋歌太短
回忆是漂浮在半空的湖湾
唤醒美好的幽蓝

天幕闪耀碎钻
幸福的召唤
把夜城灯关
请带我奇幻

一二三 SHA LALALA
温柔而勇敢
飞翔在你臂弯
追到心的云端

一瞬间好想捧起你的脸
你爱我的眼神荧火绵延
像看到童年阳光
包围在身边
永恒归宿都实现

忽然间我梦醒在空房间
晴空像刚刚飘过谁的脸
晨风轻摆着窗帘
呆呆地发现
我不仅仅是想念

幻 象

注视着那个眼睛，如午夜的幽灵悄然降临，黑色的瞳孔像黑洞一样的展开，即将把你吞没。你知道这一切不过是肾上腺素增加荷尔蒙开始释放的结果，却不由得想不起来逃脱。但是此时此刻，你又知道那个黑洞里面此时此刻只剩下欲望。注视着那个眼睛，错乱从乐曲中划分出迷离之音，成为你无法指认的方向。无限放大的瞳孔，像咒语的预兆，你的面前出现一张脸，有人嘲笑着从里面走出来说话的声音在你的脑中回响，你简直就是嗨大了吧，嗨大了吧，嗨大了吧，嗨大了吧，嗨大了吧。

此时此刻，你的头脑有一半尚且清醒，另一半被海水所控制，跌宕起伏。你不知道你的双手被放在了哪里，脑海中另一个声音说，要比我强大，要比我强大，要比我强大，要比我强大，要比我强大。

下一刻空间开始变幻，在视觉的屏幕里扭曲着自己的形状。仿佛是一场以赎罪为目的的祈祷，房间开始一百二十度的转角，凝视你的目光，瞳孔散掉了。于是你走了进去，并不知道外面的世界里所发生的一切，在敏感的触觉里面，忘掉了身体的存在。于是此时此刻，你从这样的梦中清醒过来，有的时候心跳会骤然地变快。如果爱情真的存在，那么它一定也和无尽的快感一样短暂，因为它们仅仅是在那些注视的瞬间里，改变了眼睛对世界的看法。连续的黑夜我都半清醒着，一切的一切让清晨阳光下的我显得灰白。你知道世界曾经旋转，在无限的下落中感觉到上升，时间都变成了诗歌，谁说请相信我。不要相信眼睛传递给你的信息，就像不能够相信大脑编造给你的骗局一样。

在那个小宇宙里自成引力。窗外的夏天永远是一个好的开始，我也很想自己就此重新开始。可如果你冷静观看这个世界，那么，所有的美好与悲伤都仅仅是一种幻象。

崖

城市霓虹褪下
月影星空高挂
你神秘莫测笑的　霎那

迈向前是悬崖
往后退有流沙
困在你世界我没　办法

我愿用所有换时光停下
永远封锁你寂寞的优雅
哪怕只看你那　抽烟的侧脸颊
沉默不答

你就像开在峭壁上的花
是多么让人心痛的潇洒
若你是梦的话
为何我连泪都　无力去擦

你，他心里并没有你的存在。你是不是觉得他砍下你的头颅是你所想的结局，会不会是一种顿时轻松的感觉。因为你已经变成了一只顶着毒蛇的女妖，和过去毫无关联。

你不知道我那么揣摩你，什么都失去了的暴戾，紧张，放肆，孤独，畸形。蒙上你的眼睛，我们在镜子面前谈话。人性里面有善良，有感慨，有弱小，有胆怯。闭上眼睛，你还是个孩子，宽大的手掌抚摸你的头顶就足以满足所有。

喀戎受了毒箭，所以永生的他必须承受永恒的伤痛。箭刺中他的咽喉，此生都有一个不断溃烂的伤口。他用自己的命去交换普罗米修斯，他获得了善良无私的美誉，死亡带给他的是永恒的解脱。用死去交换什么，用死的代价去交换一个人的重生其实不是最重要的。重要的是，当活下去也成为折磨心智的痛楚的时候，能否用命去交换一个人的重生。总是要想上千万遍，是否只有死亡的代价会让人得来应有的改变。但是现在，神话离我们很远，这里有你所不能理解的情感在里面。

新游戏里的隐藏关，只能玩一次，你没有秘籍和攻略。略过了也不会觉得遗憾，是的，没什么可遗憾的，它不会再出现了。倒置瓶子，泡腾片卡在瓶口了，但是它会随着水流慢慢消失。这越来越奇怪，我又怀揣着无心的躯体想要出走了。但是我很累，我时刻想回到自己的家。为什么自己的家会是一个暂时的产物，更让人觉得生命没有永久，我想睡死在自己的房子里，不再需要太多的美好，每一个物件都有自己的故事，我反复读过你们。现在，我想要忘记你们，只剩下空白。

又或者，再说一次，仔仔细细，每一个故事串联起来。按记忆的顺序联结，不再那么跳跃，最后一次，可是我还不想到最后一次的时候，拿不起，放不下，睡不着，醒不来。

心　弦

花凋落在阳光前
漫天落叶随意低旋
那爱情盛开后又不见
只剩下些感叹

微风轻舞我身边
也吹散迷失的花瓣
而甜蜜好像就在对面
感觉却是很漠然

夜幕降临暗潮没眼帘
隐痛渐渐现边缘
这世界幸福太过有限
遗失的只好用梦找全

又弹起寂寞的心弦
音符飘逝得好像越来越远
也许悲伤终有一天
会沉睡在泪流之前

又弹起动人的心弦
百转思量的旋律徘徊耳边
纵然好景情意连绵
都消失在黎明之间

就这样简单而又平凡
学会了一个人交谈
就这样等到她的出现
擦肩而过就不再重来

又弹起寂寞的心弦
音符飘逝得好像越来越远
也许悲伤终有一天
会沉睡在泪流之前

又弹起动人的心弦
百转思量的旋律徘徊耳边
纵然好景情意连绵
都消失在黎明之间

可 能

可能，这个词太含糊，太隐晦，太容易误解和导致复杂。因为有太多种可能，所以反而都不可能了。因为太不可确定，因为没有人给予这个答案，我们深陷入沉默的对话当中，行动支配，一切都好像是生活片段的抽取。一段，又一段，无法连接，无法修复，所以当屏障树立起来，当语言无法穿透，当身心像机器内部的线路一样交织。他们，却始终成不了一个个体，甚至无法成为组成的两个部分。

太多的选择，太多的无从选择，就好像站在边缘，并无法预计悬崖峭壁之间的距离，不敢思考，因为思考带来种种烦恼，不敢确定，因为确定带来种种关于害怕失重的危机。

甚至没有人提起“可能”这两个字，一切都仿佛是虚妄，于是人们感觉到累，只是想要休息，并不想要建立和破坏，并不在意连贯起来的现实，感受一时所感受的，享受一时所享受的，然后或遗忘，或沉淀，并不寄希望于这个不合时宜的时期。

开始工作和沟通吧，你需要的。这些和那些，那些和这些，你需要的。不用去你不想去的地方，不用做你不想做的事，但是这些，你所承诺的，请兑现它们。往后，尔后，一切的一切，循序渐进，不要害怕。瓶口很窄，你所看到的一切都不太清晰。为什么会有这样的想法呢？漫长的时间，那只迷彩色的搪瓷碗。你想告诉我什么？生命就好像潮汐，起落的速度，快与慢，好与坏，好像有一只手可以随意推进。

什么时候是褪到了底，只剩下无意识的光亮，什么时候呼一口气，陷入彻底的黑暗？再经过漫长的等待，等待光线再次亮起来。睁开眼睛的时候，就像黑暗到光明的过程，首先到来的并不是期冀，而是恐惧。恐惧，陌生，惊慌失措。尔后当回归温暖的体温，时间缓慢地流动，沙漏开始重新计时，希望才会慢慢地，慢慢地，附着到灵魂的表面，一点一点沁透看不见也摸不着的力量。

那么，可能的，究竟是什么，没有人回答，没有人揭穿，没有人抬起头来面对。告诉我，如果峭壁之间只剩一条道路，每走出一步的时候身后的世界就会突然崩塌，是不是反而坚决，反而果断，反而成为可能，反而义无反顾？和未来所想的一样，我开始面临可能。

回到千禧年

电闪雷鸣人间的舞会
幽兰的星空蒙着层灰
醉醒的深夜想起从前看不见吗　你的大脑呢
千禧年那个渺小的脸

这是不是天大的误会
风中扯着大旗的少年
用尽生命痛斥的腐朽
最后却被赶到心里面

绝望　成就了所谓一切
希望　再葬送所谓一切
时间　只过了一小截

终于成曾经最不齿的谁
还想要呐喊些什么摇滚谁
哪还有什么孤独　哪还有什么可悲
明明已经幸福得发霉

终于成为了曾经最不齿的谁

我的痛苦也成了种虚伪

没人相信你痛苦　没人相信你苦痛

天下太平的年代

回不去想的远我的天

来来回回

来来回回反反复复，我做了一个新的梦。梦里面我在流血，天在下雨，我的手心里不知是黑色还是深红色的血。地下室有三层楼，我的身体一直不知道是哪里来的伤口，隐隐作痛。这就是大逃亡，厕所破旧肮脏，所有的人都挤在一起，呼吸太潮湿了，不断地有人踹门，有人走出来，推推嚷嚷，外面打起来了。矮小的房间，矮小的走道，看不清的房间里面一张一张的草席，有人从上面滚落，没有再站起来，我越走越快，在狭小的阶梯拐角与人相撞。不回头，开始奔跑，远离它，远离它。

雨还在下，细细的，深呼吸，透凉，除了那盏灯，漆黑一片，阴井盖的响动，一个湿滑的躯体探出头来，是蚯蚓，它说，让我出来。我拽着它，用力，一下一下，过了很久很久，它好长好长好长好长，落在湿滑的地面上，一堆，一大堆，我俯下身抱住它，冰凉。

它说，我带你走，我紧紧拽着它，可是它那么湿滑，从我手中不断逃离，我紧紧用身体去阻挡，它越发挣扎，我随着它跑起来，越跑越快，怀里越来越空，跌倒的瞬间，它不见了。我四下里寻找，可是它就是不见了。又剩下我站在清冷的地面上，头发贴在我的脸上，钻进脖子的隙缝，我站在那儿，失落感突然袭来，我站了许久，开始疾步地走，雨还在下，细细的，我哭了。

我看见一辆黑色的小汽车，我拽它的门，没有拽开……于是愤慨地踢了它一脚……它的警报没有响起来，愈加绝望，我继续走，大声喊叫，想哼出一个曲调来，却什么也没有，什么也没有。前面有一辆深红色的大卡车，我伸手去拉车门把，应声开了，我钻进去，里面闷闷的，我四周张望，没有人来，我睡着了。

还是感觉到冷，我醒来，车窗玻璃上全是雾气，我拉开车门，跳下车去，用力想把门撞上。砰！砰！砰！却怎么也撞不上了，巨大的声响丝毫没有被雨声掩盖，我看见车门边用胶带贴死的纸条，是从笔记本上撕下来的一页，字迹潦草，上面有我的签名。我转过头去，回到了一间屋子里，里面没有那么黑，还有一张小床。拿着干毛巾，我擦着湿漉漉的头发，换了衣服，慢慢躺进了被子里，身体开始变暖。

半夜，我被惊醒，一群孩子在屋里嬉闹，边上是一个货架，他们从上面取下商品，打翻在地，我忍无可忍，喊着：喂……你们干嘛，偷东西么？走开！这时，出现了一个陌生男人，身边是他的母亲，他不屑地说，这些是我们的客人，你寄宿在这里，还这般吵闹，他的母亲是一位年老干瘦的妇女，她用她的小眼睛怔怔地看着我。心里翻腾，我睡下去，不再说话，在即将睡着的时刻，孩子们又出现了，我猛地坐起身，偷偷地哭了。陌生男人又发话了，他说你这东西，想吓死人啊，不想睡就赶快走……我一边哭一边起身穿衣服，衣服湿答答的，穿在身上很冷。我拿起湿答答的裤子，心里的那杯水全部洒了，我往外走，陌生男人的声音消失了，我醒来，浑身是汗，这一次是真的醒了，我起身查看，身上没有任何血迹，我开始在想那一条玫瑰的下场，抑制冲回去拿起它的冲动，可是我又开始想它了，一点也不完美，就像梦一样。

坏孩子的天空

翻过学校高墙　操场仍然是老样
张望着那扇窗口　回忆起教室里的我

射入网袋的篮球　鞋底踩过的烟头
似乎手中就从来没　缺少过寄托

谁带我离开这阳光下最寂寞的痛
爬满背脊的青龙　怎么懂书包里的梦
昏暗的酒馆断裂的球杆血淌的鲜红　孤单的我越活越错　越错越疯

当一个人习惯低着头　也就遗忘了蔚蓝天空
为了快感哪管那么多　这世界谁愿罩我谁还会爱我
用拳头为宣泄找出口
而明天　应该怎么走　紧闭着眼　泪水已流得够多

那一年　考卷　撕碎扔进垃圾筒　将被淘汰的命运　漫骂后的一声砰
冰冷的家门脸庞的臃肿我哭得很凶
最后望一眼星空　转身没入夜色霓虹

当一个人习惯低着头　也就遗忘了蔚蓝天空

懊悔是错回头也是错　这世界谁肯拉我谁还在乎我

戴上耳机叛逆的耳洞　做混迹在城市中不屑微笑的兽

而明天　应该怎么走　我的眼中　倒映着童年山丘

好想去谁也不知道的世界

褪色，时间把我大口大口地吞噬掉。剧情安排得天衣无缝，观看人生这部电影的首映，实时拍摄现场直播，没有人知道结果。打火机点燃的，正是渴望中的毁灭。

今天，我已经记不得这是我人生中的第几天，遇见第几个路人，迎面走来却要擦身而过。为什么还是活着，每天早晨醒来都感到害怕么，我面对着这些面庞，却看不到背后。也许什么也不问，什么也不说，沉默就可以带给我们永久，永久得忘记自己是谁。你会不会忘了我是谁。

我站在街口，闭上眼睛，总是幻想周围什么都没有，除了一片漆黑，什么都没有。我总是幻想闭上眼睛，静静地等，拥抱我的人就会突然站在我面前，然后我就可以听见那个看不到背后的呼吸。你会不会忘了我是谁。

进入一个人，只是向前一步的距离，脚印合着脚印，双手放好位置。当头脑和心脏暴露在空气中怎么也找不到自己的归属的时候，我是怎样的一个人？每一双眼睛都有着不同的表情，即使双脚踏在同一个位置，闯不进的心门。重复一首歌曲，重复一个无关紧要的电影片段，你以为人生是单线程，没有反复。我看到它们活下来，然后一个个静静地死去。我总是面无表情，不知道究竟该是哪一种心情，最后都只剩下眼泪，填满你惊慌的双手。

然后这一次，我看着你痛苦，我想象着将来有一天，你发现你与别人都不同。有的时候，我不知道我究竟该是哪一种表情，我听见谁在背后突然笑出了声，所有静默的片段里面，自嘲的人都带着邪恶的快感自责地笑出了声。

前天晚上我做了一个梦，空洞洞没有任何摆饰的房间里总是有一张暖灰色的床，光滑得圆得变形的房间像一个个相互连接的洞穴，我从这里走出来，视线模糊，总是不太清醒，走出来，又进入另一个房间。

我把它捧在我的手里，它还活着。曾经你问过我，如果有一天你离开了我，我会不会想到死。我轻易地说不会，然后却时常地站在窗口，观察距离地面的高度，她说我想你，她说，你回来吧，我需要你。我听着他们的对白，像在看自己，我抱她在怀里的时候，其实我并不存在。

其实所有的故事里面我都并不存在。早晨人们醒来的时候，都会忘却昨天梦里遇见了谁。

扑克牌的魔术，看不清破绽。明明就是存在，惊奇里大脑拿出不存在的证据来为你证明，所有的观众，自己骗过了自己。上高三的时候，经常下了晚自习蹲在马路牙子上听歌，看着傍晚人们匆匆地骑车回家，天渐渐黑透了。走在夜晚的大街上，路灯突然全部熄灭了，这个时候，好像就可以去到另一个谁也不知道的世界。

逃回孩提时

因为彻夜的音乐　因为米酒呛鼻
我选择回忆后再忘记

不可以昏睡过去　是的我不可以
我没输到什么都可以

多少人　转过身没留下脚印
我对于　爱不爱你已没兴趣

因为昏暗的灯光　因为玻璃碎的声音
我的右手有了些血迹

多少人　出现只是为了离去
带着爱　我向着孩提时逃去

我哭泣我不哭泣
我逃避我不逃避
根本　就不在于你
要永远和孩提时的那个我
拉着手往前走绝不再回头

自言自语

果然，当这个城市也开始下雪的时候，我失去了感觉，每天都等待天黑下来，每个人都睡去……打开窗户，外面冰冷冰冷，我感觉不到季节的欣喜，无法表达，渐渐遗忘，点燃，听敏感的“咔”的声响，然后烟雾从粉红色变成蓝色，离开我。

似乎有许多话要说，然而说与不说，重要与否，变得越来越模糊，整理起我的书架，曾经为这些写满文字的纸张耗去了青春与钱财。然而在我离去之后，它们都只是没有人抚摸的孤儿。于是在夜深人静的时候，将它们领进我的房间，逐本阅读，几天之后，发觉整理好的书籍又重新堆满了床边，徒生没有意义的徒劳感。

即使去购物，累到走不动路，当夜晚降临的时候，我还是睡意全无，即使困倦和烦恼，一次一次起身和重新睡下，我还是，失眠，这样的夜晚让我感觉到过去在这里生活过的每一天，可是当时做的许多事情，现在却都无法实现。心口堵着若干棉花，像自己手中丑陋的布娃娃，矛盾着继续谈话，心里却一直在想，自己是不是要停下来了才好。自己的心结，自己却无法打开，如果找不到出口，就会畏惧生活。

仿佛另一个我察觉到了我言语的区别，询问我是否需要换一个圈子，换一些朋友，我坦然说，现在，我并没有结交什么其他朋友，更别提新的圈子，与从前一样，不善交际，只是现在我似乎长大了。

离开一处地方，就只能再次陷入沉默，孤独也许是一种自主的行为，因为在人群里吗，我可以一言不发，而独自时，却为无法说话而苦恼。的确，现在的我，的确一无是处，然而我总像个孩子一样，不断奢求表扬，与认同。我失去信心，也失去与人言语的能力，我总是怀疑自己不够好，才会让所有的事情发展成如此这般。于是我尽量不说话，一定让你们，觉得古怪又沉闷。

然而，我也突然寻找不到交谈的对象，时常问自己，如果不回家，你可以去哪里？曾经夜夜沉迷于听别人述说故事，仿佛如此，自己不说话也不会感到苦闷，可是现在，每每遇见可以说话的人，又会下意识地闭上自己的嘴。他说不应因为自己而让他人操劳，于是我很好，也没有发生任何事，就突然感觉到，一切都失去了述说的意义，自身也没有了存在的必要。

当他人停止交谈，将目光驻留于我口中的言语时，我便会因为无端的紧张而忘记所想，

朋友说，我是如此笨拙，又迟钝，没有什么想象力，他说我根本不适合走艺术类。

的确，我根本不知道自己喜欢什么，想做什么，只是一味以为做这些可以让自己得到快乐。于是当自己越来越不快乐的时候，我就会开始怀疑我自己。这里最近的每一天都在下雨和雪，有的时候，我甚至不能区分两者的不同。小事诸如同学送的小物件和路边商店擦得铮亮的橱窗都能使自己开心很久，然而久违了这种幼稚的心情，知道将来不能继续如此。

即使喜欢得无法割舍，显得矛盾而又不安。

写字让人心情稍有愉快，自言自语，也比自己说不出话来要好。

动物世界

小猫　舔毛　老牛　嫩草啃着
勾着　唇线　年纪　没有鸿沟
眼前一亮荷尔蒙欣然上脑后
食色性也本能就够

孔雀　开屏　大猩猩　摇着树杈
擦着　香水　玫瑰　藏车后座
上半身发誓着谁是毕生追求
下半身火急着　什么

犀牛　对撞　狮王　守领地吼
偷看　微信　按在　墙角互殴
情敌多一个文明就倒退一格
适者生存占有结果

动物一见钟情就地野合
我们该情路十八弯慢热
虽为同根生　毕竟老大哥　高级快乐

动物皮毛外裹野性未脱

我们衣冠堂堂心生超脱

不乱造后代　色衰有内在　这进化的爱

越来越害怕

混乱与愉快一线之隔，如果你沉下去，就永远沉下去。你怎么和浮在水面上愉快的浮萍和那些身上捆绑着浮标的铁钩打的招呼？雨，再来一点儿就击中你的要害了，你站在雨中抱着庆幸的想法，寻求一点儿将死的刺激。无所事事没人监管的日子总是过得有点莫名所以，如果水不流动，鱼就死了。

这几年，很少见朋友了，越来越少，不知道是因为自己懒惰，还是地图上的距离让我们身心都疏远了。夜晚，一个人待着也很好的夜晚，需要怎样安稳的环境才压得住心中的不安。今天我见了刘同学，她总觉得自己没有照片上好看，但是我却觉得现实中的她比任何一张照片上都要养眼。我没这么说出来。我习惯性迟到了20分钟，然后开始漫无目的地散步，她总是走在我的右边，我想喝饮料，她毫不犹豫付账，走过一段街才突然想要回去看一条马路之隔对街的商店。她毫无怨言陪我往回走，店居然关门了。我转过身，她又陪着我继续走第二段回头路。

我突然就觉得事情不是那么一回事了，我只想让手里的玻璃器皿脱手听到声响，好像碎成无数片好让自己也碎成无数片，不要让某些东西积在心里越来越凝聚越拽越紧让自己无法呼吸。我内心焦躁着总想为此寻求一点解脱，我无法按照他们说的去做，也无法摆脱他们的束缚，人需要这样的束缚，自由没有绝对，束缚没有绝对，你到底要向哪一方负责？

下雪了，坐着聊天，我不断给他递烟，我不断喝水，沉默一阵，回忆一阵。看来还是留下后遗症了。我还是时常忘记自己要说的话，到嘴边，突然变成了无言。有那么一刻，我变得很模糊，突然觉得未来这两个字，越来越模糊，我们聊了足足有三四个小时，聊的无非是过去，无非是如何忍耐与面具，无非是如何如何，又变成了独自的人。

走的时候忘了拥抱。每一次和朋友分开我都会为此遗憾，我希望拥抱会使人们亲近，也希望拥抱使人们安心。这一刻我又开始希望出现一个照看者，关心我，偶尔没头没脑地失约，时常又心急火燎地担心我，果然我的心，还是没有长大。

嗯，是我把这一切弄得一团糟的。时间越快，越来越快，我越来越害怕。

看见窗口的风景

飘远的风筝　唤起我的一个梦
我想我的家　坐落在天空
当你打开窗　会看见白云浮动
你的开心能美得像彩虹

你握紧我手　继续我的这个梦
于是这城市　停止了躁动
静静凝视着　我们的爱情升空
直到世界遗忘了所有痛

我们要　生活在　彼此的期待之中
让真实　的笑容　相互触动

我们要一起安静地感受这时间的流动
生命会　拥有另外一种永恒

看见窗口的风景
它会有什么反应
就像望着我的你

眼底正流淌哪种心情

看见窗口的风景

一定发觉天已晴

就像我深爱的你

走近我时脸上的笑意

台湾腔的电影梦

前晚我做了一个完整的如同电影般的神奇的梦，现在虽记忆犹新却不如昨天记得完整。

我觉得那就是部电影，真的，我竟然还变成了女主角，过足了另一种瘾。

我走进一所小学的走廊，每个教室都正在上课，我从窗子往里张望。（旁白：据统计，台湾的孩子都很爱哭，而这所学校爱哭的孩子占了百分之二十）于是我心想，那每个层楼都会有20个爱哭的孩子么？（不知道是哪一种逻辑帮助我得出此结论）这儿有四层楼（镜头随着我的目光透视了整栋大楼。并且看见了一个硕大的可以从顶层玻璃里往下望的大礼堂），我走进其中的一间教室。

［旁白：这里有她的同学×××（名字不记得了），是他帮助她转来这所学校］噢，原来我是转校生。

我推开门走进教室，女老师严厉地朝我大喊：你是谁！（汗，好凶的，明显看不惯我的样子）于是我一眼看到了我的同学，因为他站起了身，他替我回答：她是小红（我的名字我也忘了）。于是老师说你等一等并开始翻阅点名册，然后指着点名册说：噢，是这个么？小红乞丐，来自乞丐大集团？女老师说完这句话抬头轻蔑地看着我，全班同学都在大声嘲笑我，我低下了头（原来我是一个贱民）。我看看我的同学，他也低下了头，假装不认识我（肯定就是他的恶作剧，什么乞丐不乞丐的）。

于是全班同学都笑我并且欺负我，老师让我坐到教室最后排，他们总是“乞丐小红”“小红乞丐”地叫来叫去，想尽各种办法让我出洋相，大扫除时什么活都让我干，还拿抹布丢我。（故事里的我一声不吭）我低头拿着拖把去洗手间的时候走廊里有一个穿着脏脏的，明显比我们都大的大孩子对我说，跟我来么？我瞥了他一眼，觉得他肯定不怀好意，绕过他走了。（切换镜头：学校的小卖部）我经过那个小卖部，看见许多同学都在里面买吃的，我很饿，但是明显我没有钱，于是我只好看着他们进进出出，有一次里面没什么人了，我就偷摸走近一些想看看里面都卖的什么花花绿绿的食品，刚走进去，就听见背后有个声音喊：“小红乞丐？”我吓得头也没回地跑了，再也没敢进小卖部。

（切换镜头：大礼堂）校长讲话，我也许走神了，老师大声呵斥：小红乞丐！乞丐集团的！你给我站好，于是我又听见一片嘲笑声，甚至有别的班的人回过头来看看我是谁，我竭力躲进了队伍的后头，可是同学们都推开我。（切换镜头：还是大礼堂）大扫除，老师依旧乞丐集团乞丐集团地喊来喊去。同学依旧拿脏抹布丢我，我实在有些忍受不了（也许是拿脏抹布丢了同学或者是擦了安静的玻璃），老师一声令下，喊同学们来抓住我，我哭着跑出礼堂，一直跑一直跑，跑至一个转弯口，我停下来喘气，就在这时，我被窗口外面的一个人影吓了一跳。

那人就是那个脏脏的男孩，但是瞬间比以前长大了很多（看起来是大人了）。这无疑让我更恐慌了，他做了一个“嘘”的动作，让我别害怕，又对我说：跟我来么？我不会伤害你什么的（这么一个脏脏的男孩真的很让我害怕噢），这时候我听见后面传来了追我的声音，好像快追上我了，于是我对自己说，我不也被叫乞丐么？于是拉住他伸过来的手，爬上了窗户。（切换镜头）他拉着我沿着窗口爬，下面好高了我都不敢看，这时我看见窗户里很亮堂，一看，竟还是礼堂。我就想难道他是来帮老师抓我的？可是再一看，老师已经忘了我了，正在和别的老师聊天。他朝底下的同学做了一个手势，所有人都安静地迅速排成一长溜很粗的队伍，然后他松开我的手跳了下去，学生们的手就一拨一拨把他往门外送，我急了，也往下跳，总以为自己要掉下去了，可是没有，我很奇怪，老师没有发现这一幕，同学们也完全没发现上面的人竟是我，仿佛在执行一项必需的特殊任务，静悄悄地把我们送出去了。

接下来的几幕我都不是很记得了，仿佛我和他讨论过什么问题，然后他突然变成了一个长者模样（你看，他不是一般的，他还会易容哪），还变出一辆自行车，送我去上学，进校门的时候，没有人有疑问，也没有人叫我小红乞丐，我就这么推着车往里走，还心虚地挽住了他，他接过了我脱下来的外套，仿佛真的就是我的父亲。就在这时，后面有同学叫住了我，一个男生喊："呦，这不是小红乞丐么。"我一紧张，就加快脚步推自行车，他们就追了上来，有好几个男生，拦下了我，我马上用求助的目光回头去找他，他也停下来看着我，那个男生周围的其他男生都对我很不友好地说一些难听的话，而这个男生却只是看着我，我很紧张地丢下自行车就跑，他则在前面给我带路，突然我在地上看见了一种我从来没有见过的植物，是雪白雪白的，毛茸茸的，呈扇形，我捡起来看，他们也围上来看，说着诸如这是什么呀，真漂亮，借我看看一类的话，我看着看着，把它递给了那个男生，那个男生突然向我投来了惊异的目光（仿佛是在说"咦？你为什么对我这么好？"一类的话，然后突然就对我有了好感）。

然后我起身继续跑，跟上了他，他向后面施了魔法（他果然是会魔法的），突然听见后面的同学喊：哎呀！怎么有血，可是我已经没有机会回头了，他现在是一个大人的模样，他拉着我快步地走，在一个圆形的肮脏的下水道口前对我说：快，爬进去，我犹豫了一下，因为那个管道里还在流着污水，他推了我一把，于是我爬了进去，这时我听见那个男孩在后面喊我的名字，小红，小红（没有带乞丐两个字）。男人对我说，隔壁就是小卖部，你可以最后看他们几眼，于是我看了他们几眼，没有看到那个男孩，我害怕他们看到我（但是好像是看不到我的），于是按他说的又往前爬，前面有个狭窄的口子，我坐起来，跳了下去，他也随后进来了。

我发现那里竟是一家地下小卖部，店员和他打着招呼，问要买些什么（里面真是应有尽有。两个店员一胖一瘦，也是有点脏脏的）。他问，曲奇饼干多少钱？店员说，一块钱。然后他问，大盒的多少钱？店员说，还是一块钱！我发现那饼干和地上小卖部里的不一样，就问，怎么不一样啊，他们都笑了，店员说因为我们卖的有软骨。

紧接着镜头突然回放，学校走廊里挂着一副男孩的画像，我突然预感身边这个人是不存在的，但是为时已晚，突然我就醒了。然后我就真的醒了，好有隐喻的梦，等我有空了再猜猜。

老了吧

你要知道的，为什么生活在这几年会突然让你觉得思想约束，突然间对什么事情都没了激情。有的时候搪塞给自己一句："老了吧。"的确也是全然没有用的。我终于知道某种安定对我来说到底有多么重要了，而且这种安定需要一种选择，我需要一个家，哪怕是一个人的，我需要一个环境，这个环境必须符合我个人所认为的舒适的概念，然后经过一番挣扎，重新学会自娱自乐，重新学会自己一个人走在街上，重新回归一下自我。

又新买了一个杯子，我发现我买杯子简直成癖，找合适的杯子喝合适的东西（不是别人认为的合适，咖啡杯和茶也是合适的）。完全已经阻止不了自己的这一大癖好，逐渐成为乐趣，买东西需要克制，但对于欢喜的东西我的大脑经常性停转。

我喜欢这种感觉，买东西，把屋子弄成自己喜欢的样子，一点一点累积起来，然后成为灵感的可能。夏天永远是一个好的开始，我也很想自己就此重新开始。

梦在火上，我们不善于经营，也不善于掌控。无言，更多的时候保持沉默，沉默只不过是因为，你不再有美好片段值得炫耀。行走在路上，也行走在极端，人生最容易的事情，就是浪费你的生命。困倦的时候难以睡去，是因为你觉得你的世界缺少色彩，残缺的颜色让你觉得世界没有激情。失眠的时候大脑混乱而盲目，盲目是因为，考虑和必须去考虑的因素太多，你又害怕又劳累，你不敢果断出手，你思前又想后，不敢得罪任何人。中庸的人啊，不要重蹈覆辙，不要后悔，不要追忆，不要说本来，不要告诉我缘由。我不想听自己解释，我只想看自己做到。

我应该对太多人说对不起，我不能按你们说的去做，我不知道你们会不会理解我，因为你们现在已经不会告诉我了。我想知道自己会不会后悔，我想知道自己的选择会不会错，然而，很难有人会来告诉你，因为他们也不是先知。

城事梦游

我是个会梦游在城事的女子
你是个为城事在梦游的男子
你有张地图在维持
我有个失重的罗盘在放肆

我是个会梦游在城事的白痴
你是个为城事在梦游的棋子
我们有区别的名字
同时也有一个相似的住址

都怪爱这件事　都怪爱这个字

我沦落为你的梦游
你仅成为我的城事
从相视而笑开始
直到生命都无法终止

我迷路在你的城事
你隐约在我的梦游

我们相融过彼此

却又不能永远永恒那一时

这是不是就叫有得有失　这是不是就叫有得有失

移动城堡

为了让心情舒畅，我开始听黄义达的《倒叙》。这个开头是不是有点熟悉？最近的记录是连续听了30遍。或许生活太戏剧。戏剧就是，你离开自己的身体，看世界主导你接受他们的“电影”。如果你不想再出镜，OK，你可以悄悄退场，只是不一定有选择的余地。它们都说，如果你想选择，也可以，但是你要一直重复你的选择直到原本的合约期结束。

转移活着的重心，转移着思绪的落地，这段时间我莫名地找不到自己的观点。从我的手中拿走我的观点，把它藏起来了是不是？除了很没有生活的姿态以外，其他什么都好。我努力去做只有快乐的事情。貌似是让生活充实好玩的活，想更多一些精彩，少一些阴霾。这个世界上怎么会有这种人。这个世界上什么样的人都有。如果这世界只有你这种人，不是最可怕的事情吗？因为没有这个可能，所以我们忽略了真相，我们总是想不明白。我想大概我已经定型了，无可救药地，没有那么好拿捏了。你知道我多希望自己是一块烂泥，没有自己的形状，任社会沥干我的水分，捏出它需要的形状。一不小心放干了，变成了这样的我。

我努力了，我试图改变自己的观念，我像往常一样劝说我自己，阅读书籍，转移注意力，拼命创作，留下痕迹，不说出那些暴躁的无聊埋怨，不说出那些唬烂的梦境。你们说过，噩梦没有什么的，它们不是真的。甚至在某一种维度可以理解成反向的。但是心里像被镶嵌了某一块制式总是改造得不太成功。傻子想不了复杂的事情，对不起，对我有些困难了。

对不起，我做不了不像我自己的我，因为本质上这就是一种驳论，这是一个假装，无论再怎么变着戏法都好难。这个话题是不是可以变成：社会，对不起，我顺应不了你，给你带来了这么多麻烦，真是不好意思。这一次，再不要了。我内心的那个田园般的家，再也不要离开我了。

再见·OSAKA

夜晚是首安静的曲目

我要哭却不哭

在刷成淡黄色墙面的屋

接长头发　为窗外的城独舞

回忆是个跳动的音符

我抓却没抓住

想在你气味中把泪凝住

用尽所有　谁把香水撒成雾

亲爱的　如果我不说不

又怎么会知道　独自一人的感触

爱于美梦起步

再各自赶路赶路

期盼或许不能治疗痛楚

只会等待着我们失足

爱于时光止步

如此的反复反复

也许在天亮前我会领悟

每一个夜都需要结束

如果你在无意识地挪动双脚

我会用手指向你将离去的路　再见　OSAKA

从那一刻起，我才知道原来这个逃都逃不掉的世界还是在我的身旁。它注视我，环绕我，嘲笑我，侵占我的眼睛。

不管我在哪片天空，拥有什么样的翅膀，谢谢命运的提醒，我差点就忘了谢谢。

人在进化中趋于“完美”，想得到的，往往都是欲望的累述。而欲望的本身，却极像是把你推向不完美的罪魁祸首。而往自己灵魂里面添加的调料，都是渴望得到的样子。

我心里面一直有一个宫崎骏式的梦，我也相信无论年岁有多大，相信的人总有一颗会飞翔的心。在那个瑰丽的世界里，也许都是虚幻且美好的……

混乱与愉快一线之隔，如果你沉下去，就永远沉下去……无所事事没人监管的日子总是过得有点莫名所以，如果水不流动，鱼就死了。

小红乞丐，来自乞丐大集团？女老师说完这句话抬头轻蔑地看着我，全班同学都在大声嘲笑我，我低下了头。

梦在火上，我们不善于经营，也不善于掌控。无言，更多的时候保持沉默，沉默只不过是因为，你不再有美好片段值得炫耀。行走在路上，也行走在极端，人生最容易的事情，就是浪费你的生命。

社会，对不起，我顺应不了你，给你带来了这么多麻烦，真是不好意思……我内心中的那个田园般的家，再也不要离开我了。

第四章　等天亮

搭积木

搭积木，一块一块累积的过程。一边小心翼翼地摆放，一边规划蓝图。你最想要的是什么？我不知道。每一个画面都有它存在的道理，怎样开始都不能说是错误。于是，所有的搭建都成了围墙，哪一块积木都搭建不了一个真正的城堡。没有城堡，没有值得捍卫的东西，真实的，虚幻的，都没有。

总是听人说这一年过得是多么多么快，去年这时候我们还不是一样过？但是我总是觉得时间过得还是有点慢的，主要是因为一年的时间还是做了挺多事，经历了挺多人。可当夜深人静，静下心来细想，你却发现你记得起来的只是结果，那些过程，却像被偷走般，只剩猜测，没有清晰的实触，仿佛在时光的浩劫中的挪移。那不才是应该包裹着自我内心沉淀下来的丰盈回忆吗？浑浑噩噩的，我们早已经改变。

就像，我终于把手机常年静音改成了常年震动。我总变态地认为铃声一响，别人就会注意过来，再打电话，发微信，就总是心里忐忑，感觉有人看着你似的。但是静音的坏处就是我经常耽误重要的联络，所以现在常年震动的我，终于也向敞开自己的心扉走出重要一步，我终于开始改正自己的一些恶习，开始对自己的身体好一些，尝试了做按摩。出门前记得喷香水，记得戴手表，记得吃早点，记得打一点点发蜡。也开始，强迫自己除非特殊情况否则夜里 1 点前一定睡。强迫自己每天都要走一定距离的路。强迫自己拿完东西要记得把盖拧上。强迫自己不要时刻都在想事情，要学会放空。也许是老了吧，还是，怕老了呢？

于是，搭建还有什么意义？给我计划，给我蓝图，给我意义。可是这些东西是能够被给予的么？连自己都想要剥夺自己存在的意义。每一次充满期待地跑出去，找寻的那个盒子，居然是空的。心里没有孕育，就没有生命。有些事情，说是没有用的，有些事情，做了也突然变得毫无意义。什么才是最想要的？小时候也许一颗糖就会很渴望，可是现在却不知道什么能使自己动起来。如此脆弱，也难怪不堪一击。抬手，积木变成多米诺骨牌。

也许太明白一些也不好，反正未来也许都还会变，就像看着几年前信誓旦旦的文字。不由得会笑出来，我想我是成熟了一点，但也不知道这是好是坏。只是，在每一个崭新的时代里我只想变得更坚决，是的，更坚决，而不是更心累。就像你为她留的一滴泪，或许总有一天会化作雨，打落在她脸庞。彼此感受总是会传递的，哪怕隔着千山万水，浩瀚时空。我也想拥有我的一切，谁不是呢？

如果说毫无生气也是会厌倦的，那就从背后的盒子里出来吧，让现实给我残酷的牵引。

傻孩子

我们不再是嗜血的蛮子

我们争斗的是我们的脑子

我们可以建起一座大城市

但只需要一个房子

我们大多只会装成傻子

我们很少不是撒谎的坯子

我们很容易就找到张白纸

可很难再深情地写上一首诗

什么都只投入一下子　又怎会耗上一辈子

总在掂量值不值　却从不计较迟不迟

我们的日子　塞满了我们的事

总是急着就飞翔　却不想有没有展开翅

我们的日子　可以有太多自私

在栖息的时候　也忘了注视　注视着前方的红日

我们的日子　充斥着我们的事

埋怨要从此开始　等时间一点点都流逝

我们的日子　越来越少的放肆

哪怕就是一些　一些傻孩子　也要装作成人的样子

明

哭也不是，笑也不是，我睡不着了，我又彻底睡不着了。做过的傻事已经够多的了，多得数都数不过来。

这个世界上最奇怪的人，莫过于顶着“明”字干傻事的人。明知道结果，明知道会出事，明知道自己的脾性，明知道怎样做才是正确的，却还是犯傻犯二犯欠的人。这种人太固执，固执到想与天作对，与常理作对，与自己作对。太冲动，太意气用事，太不能控制自己。

控制自己，说了多少遍自己都记不清，发生过太多的事情。有时候想，这辈子最重要的学习课题估计就是这一课了。怎么就跟学数学一样，这么难学呢。太难学啦，反复复习，都考不出个好成绩。但是我真的会进步的，我会有进步对不对？

我多希望自己的内心也是独立的，我多希望自己不仅仅是别人看到的那样是独立的，我多希望真实的我，内心的我，也独立得像一个大人。不让你们担心，不让爸爸妈妈操心，看看我，看着我，会不会发现什么不同。我仍然找不到自己的归属感。我仍旧想寻找一个睡得安稳的地方，或许寻找的，并不是一个地点。也许能扶我自己站起来的，也只应该是我自己。

不知道是不是真的把自己埋得太深……

记得高二的时候，有一个外表特别爷们儿的朋友，在印象里他都是那么爽朗地笑着，什么事都办得妥当，也记得一天晚上他说女朋友出国了的时候一个劲地趴在我肩膀上哭。那个时候的我惊慌失措，我讨厌内心软弱的人，也许我也讨厌我自己，我看到的反差着实把我吓了一跳。

我花了好长时间去适应这样的反差，直到有一天我发现，其实很多人都是如此，我明白了其中的感受。每个人在别人脆弱的时候，就应该变得坚强。在自己脆弱的时候，又希望别人很坚强。感情也一样，总有一个人强，有一个人弱，总是一个人放弃，另一个人坚持。只要有人坚定下来，就会变得很长久。很多人都想去改变自己，他们把不想要的自己藏起来。把人们想看到的自己摆上台面，皮影戏，并不真的知道举起手的那个人，究竟此刻是怎样的心情，又是怎样的表情。

可是大家爱看的，毕竟只是皮影。若真实的你站了起来，在透光的布面上出现。也许，观众也会相继离席而去。有的时候会想，这样的我，是我，那样的我，也是我。这个世界上你不可能让所有人都喜欢你。有三分之一的人喜欢你，有三分之一的人讨厌你，还有三分之一的人对你没感觉，这样其实就够了。

这个世界上对于一个问题，会有无数种观点。而你，也许相信这个，也相信那个，觉得这样有道理，那样也对，但最后你必须坚持自己所坚持的，只有你自己不动摇，世界才不会扯着你的肩膀来回摇晃。

让我们看一看，你怎样去描绘那个你所没有的自己。当它成为你的时候，你会成功还是会失败？让我们等一等，看你怎样努力去练习，看时间怎样给我们评价。好吧，我告诉自己这并不是改变自己，只是让自己拥有一个自己不曾拥有过的自己。控制，再控制一下，我们不要让人马座太自由。

控制，再控制一下。

我多想为你写一些字

心中的绝句　我憋不出来
只好困在漆黑的屋中
想象你潮水般涌进来

梦里的失眠　美丽的意外
为何笔捕捉不到那色彩
还是灵感太多　我有些呆

我多想为你写一些字
不用等待旋律来填词
不想奢望作诗来传世
只要最白的纸　依照你的笑
灰心的坚持

我多想为你写一些字
逃离满天迷惑的城市
忘记形形色色的尘事
记载只有我俩　明白的意思
我多想　为你写一些字

你越快乐，阳光就越好

时间是一本书，而我们则是缺乏阅读。甚至有时候都懒得摸一摸书架。我们像个课堂里的学生，当书一页一页展现在我们面前的时候，我们所做的并不一定就是尽可能地去熟悉它。而是某一种佛性逃避，或许我们只是一群等待着下课的学生，我们看着书本一页一页地翻过去，老师们尽可能详细地在黑板上书写、讲解。然而我们并不是一群优秀的好学生，我们似乎只是百无聊赖地等待着生命的完结。

于是，该说的都已经说了，该讲的也全部讲过，然而除了那些我们都感兴趣的、都为之好奇的部分，我们知之甚少。偏科了，一次一次犯着同样的错误才变成了真相。或许你会一而再再而三地讲解，或许你会感到困惑，为什么你的学生就是无法理解，无法认知？时间啊时间，你的学生们其实也都很优秀，总有一面很优秀，您就像一位包容的好老师，看着我们犯错，看着我们成长，看着我们无数次跌倒，又无数次爬起来。我们就像一群不懂事的小孩子，始终嬉闹，始终喜怒无常。也许直到我们觉悟了，那个时候您已不在我们身边，我们转过身去，人生也就此散场。

每个人都有自己的模样，就连双胞胎也不可能每一丝一毫都相像。但越来越多的人却干着越来越差不多的事，有的是差不多的感受。为此，或许你更喜欢生活这门课程，你优秀；或许你有心无力面对金钱，你惨败；或许你天生能歌善舞，却一字不识；或许你看懂世间所有绘画，却没有一双能够创造的双手。我们都可以为自己寻找借口，也可以试图去改变与挣扎。人生就是一场折腾，也许您说过，如果 A 变成 B，它也将不再是 A。那么，如果是这样，何不找一个 B 来，而不用把 A 折腾成 B 呢？那多轻巧。

所以，不必去抱怨为什么 A 仍旧是 A，A 也有自己的优点，也有自己独特的姿态。我想我早已面对过你所说的无法面对，不然我并不会存活到今日。其实道理就是如此，无法接受的，于是远远避开。

每个人都向往，每个人都以自己的方式行动。请不要失望，你越快乐，阳光就越好。

夏天了

夏天了
风是柔柔的
我们坐在长椅两侧
还是不敢　望你太久
我怕我要诉说

夏天了
你把耳麦递给我
那歌词　和旋律缠绕着
那首歌　像是有脉搏
在两颗心间柔软合奏

夏天了
试着握紧的双手
畅想着　整片天空都并肩走过
谁想懂　时光站在身后
等彼此　渐渐地随声附和

夏天了

忘记怎么做

把记忆的你搂在怀中

让心都一次哭够

就这样着日出日落

如果

不要再说喜欢我

就不用再离开我

梦会随着细碎光芒

把微笑闪烁

我会守住我们　最美诺言

这个世界只是道听途说

夏天了

风是柔柔的

故事是不是该记得

或许老地方也遍寻过

或许里面有你也有我

而夏天了

我想你是我

最要好的朋友

容易幸福

今天拖了地，扔了垃圾，洗了衣服，看了两部电影。一部是韩国的《捉迷藏》，另一部是《爆裂无声》。中午煮了泡面加了青菜鸡蛋丸子，晚上照旧。顺顺当当把周末过完了，该洗漱睡觉了。人生嘛，什么都有。人们制定了规则，制定了程序，制定了法律。其实并没有绝对的对和错，制定这些，只是为了方便管理，方便维护，方便任何BOSS想要的结果。人的原则也是如此。

我们活出我们自己的样子，在这个框框里面。但你依然可以记住：即使在框框里，我们也可以在有限的空间里得到最充足的希望和自由。只要你努力。或许我们不能去杀人放火，不能三妻四妾，不能抢银行，这样做有损我们的长远利益。但是，我们可以为自己在这个框框里去争取更多我们想要的东西，包括精神上的。知道么？我们的精神，是永远自由的。

所有的物质，理性，客观可感知和看到的东西，都是既定存在的。但是上天赐予我们感性，给了我们情感、思维和表情。快乐、伤感、幸福、痛苦，皆由感觉产生。这些感觉虽然借由既定存在的基础，但是最终浮出水面的，却是感性的。即使失败，依旧可以感受自己努力坚持过的喜悦；即使没有得到，依旧可以感受那份竭尽全力的欣慰；即使没有吃到那颗糖，依旧知道它很甜。这些那些，相由心生。

或许你会说，这些都是唯心主义。但是，事物存在，必定有它存在的意义。理性让我们生活出次序，而感性带给我们七情六欲。即使是唯心，那么，唯心让你快乐了，你承认么？人们追寻偶像，追寻宗教与信仰，实际上不就是为了让自己从现实物质中超脱出来，得到精神上的慰藉和满足么？至此生活有了动力，生命被赋予更多意义，这让他们幸福。所以我们有信仰，我们有理想，我们有梦。这梦让我们把原本既定的世界，描绘得五彩斑斓。

它们并不是假象，它们是内心存在的真实。所以，对自己充满信心吧，对生活充满信心吧！

人活着，其实并没有快乐多还是伤痛多，并没有幸，与不幸。

所有的感触，不过是你记忆中，哪些被你提及的次数更多而已。当你内心平稳下来，这个世界，就忽然变得平和多了。

把握好自己，做一个容易幸福的人。

光　棍

每天都伸着懒腰大摇大摆地享受
这春暖花开多潇洒
为感情烦琐那太傻

乘着风满世界嘻嘻哈哈地乱逛
有太多新奇等我逍遥啊
天知道寂寞什么滋味
其他的事想它干吗

我以为我就是自由自在的一个人
为什么我一天没见到你就
焦躁难忍
我怎么变得这么蠢
我以为我就是这样快乐的光棍
却为何老是拼命跟自己斗气较真
才发现我已经爱上你
爱上你
爱上你

失 去

害怕失去么？还是更加害怕得到？有的人会说那要看失去的是什么，得到的是什么，可是这往往却不是你能够左右的，甚至你越怕什么就越来什么。这种时候你会感觉到自己是一个弱者，嗯，我不知道下一刻到底会发生一些什么。所以我看着，我想知道。我看着你的眼睛，我想知道。

来，把手拿过来，你看，它有那种纹理。纹理给了这双手真实感，然后你把它放在脸颊上。嗯，放在对方的脸颊上，那是一种说不出冷暖的触感。

“kerokero kerokero 任性的青蛙王子今天又准备破坏这个城市。”

“kerokero kerokero 昨天，你也是这样摸过

我的脸吧。”

今天我真的需要那个没有形状的存在者，希望他就像一场雨一样倾盆而至，希望他不是梦里面那一个有着苍白冰冷双手的人。把手放在我的脸颊上，我开始觉得自己是一个弱者。但说实在的弱者没有什么不好的，兔子就是兔子，狮子就是狮子，有一刻，感觉自己的心没有形状了。没有形状，没有颜色，没有界定的界限。然后下一刻，像试管玻璃一样，轻轻掉地就碎了。

碎了也没有什么不好的，下一刻它又会融化，它又会消失掉，所谓那些超出你理解范围内的幸福和痛苦（是的，那一刻你会莫名所以，不知道这究竟是为什么）。和你们因为恐惧而抗拒着的那些不能触碰并且感到危险的东西是一样的。你以为你离它很远，其实你一直都在它的身边。你拥抱着它，拽着它喝下它说出它重新组合它擦掉它。你逃不掉的，那些终究会降临到你的身上，你会庆幸地以为，你并没有预支什么。但是，混乱早就已经来过了，走的时候你甚至会强迫自己觉得它不是那一个。是的，所有人都会，随之恢复最平常的表情。所以我只能看着你，我想知道下一刻是什么。这一刻我并没有打算做任何决定。

那么，我预支的那一种幸福是，周围所有的人都充满了温暖的笑容和爱的气氛。我要把它们全部拿出来，放在一个时刻里面贪婪地全部消耗掉，哪怕之后我要面对的，是剩下的另一部分也在所不惜。

冲动起来的时候不想到底是为了什么。这样不好，学会控制。可是这两个时期之间，我真的整整隔了好多年。所以这一次，拜托了，开始吧。

情　兽

高跟鞋的回声

传来　从门厅空荡

男人一口抽完烟

丢在　壁画的游廊

不是着急到天亮

还是男人止了痒

推门而去大衣披上

她爱上他　他忘了她

或许都想再玩一把

电视说　这都赖荷尔蒙

浴室的流水响

弥漫　雾气的欲望

女人对镜揉着发

也似乎在疑惑　留下抓痕的身上

内衣还没等换上

面具女人先戴上

欲盖弥彰才好悲伤

他爱上她　她忘了他

或许都想再玩一把

电视说　这都赖荷尔蒙

谁缠上谁　谁甩开谁

都借情变了兽

这不能　这不怪荷尔蒙

这样才　有好戏的人生

世界末日的黎明

我有时候会想，地球会有末日吗？会怎样迎来末日？是自然灾害，是战争，还是人心的改变？各种灾难电影纷纷帮助人们臆想，人类在银幕之上已经猜想了无数种人类毁灭的可能：太阳活动异常、外星人来袭、人类生育不能又或基因突变、病毒顽疾肆虐、小行星来撞地球、地质灾害自然灾害都来了一个遍。

人性的正能量在这个时候不动声色，来十个八个“末日”也坐怀不乱，人性的劣质却往往在这期间纷纷显露。

世界末日更像个笑话。笑话听着发笑，这日子少说有那么一些人会被自己薄弱的意志吓唬出眼泪来。人们调侃着玛雅人的预言，地球生灵成了上帝餐桌上的生鱼片。可这预言差个一两百年，也不会有多奇怪。

或者说，世界末日难道就非要鼻涕眼泪到处横流么？又或许它只是你身边的理查德·帕克呢。伴随我们警醒自己，维护地球安全的任务就交到我们自己手上啦！

唉，所以说，哪有什么末日？即使真有，人类作为地球上的高等智商生物，没准还能继续繁衍，地球没准会出现更多的新物种，为何不把它想成是绝处逢生，期待着柳暗花又明？

有人觉得失去心爱之人就是末日之时。失去爱情的光辉，美玉也变成了瓦砾，一时的心碎难免会想到玉碎岂能瓦全。然而失恋的人还会再恋爱，就像恐龙的帝国陨灭，新的生态系统又在地球上诞生一样，人们称之为：进化。

难不成你真以为失恋一次就要孤独终老了么？宇宙里的星星千千万，我们也不过是一只只小星星。所以，进化进化也没啥坏处，最后我们只会变成更高级的物种。

擦干这大冬天的冷汗和吓出来的眼泪吧，真没有什么值得我们去担忧的，有那时间，冬至包剩的饺子都吃了好几盘了！当然你也可以矫情地说一句，也许当所有人都不担心世界末日时，世界末日可就真的要来咯。

末日说

人们不再是非
大陆　漂移的传闻
你终于靠近我
忘了　手头的工作

手机震落到地上
堵到天边的车流
这繁华世界会死么

我用生命陪伴着你
一起到　这末日的尽头

地震把城尖叫
你却　把我手紧握
等海啸压下来
相望　有没太晚呢

我们不想要逃走
能否被浩劫吞没

回到往日有说有笑

我用生命陪伴着你
一起到　这末日的尽头
愿来生　也和你不回头

整理自己

我在尝试着，却不知道从什么地方开始。也许最困难的时候，我们都只能看着自己，靠自己，内心的那一部分。再煎熬，再脆弱，再怎么样。尽量地，尽量地，降低影响。我不清楚这种时候会有什么到来，弦越拧越紧，而他并不是一把螺丝刀。这是个体，还有个体，即使名词将两者联系到一起，有一些东西并没有那么容易成形。疼痛和晕眩的感觉不止一次让我的大脑无法思考，这个时候，觉得男人也真的很脆弱。不止一次，我在黑暗中不停地写字，然后大段大段地删掉。我害怕，所以我一次又一次地重新思考，这个世界里，我也并不是只有自己，我害怕，别人也会跟着受伤。

出口的门已经关上了，接下来我们需要思考的，是如何在限定的空间里整理好，让自己不会因为再也堆放不下而濒临崩溃的边缘。不能因为没有出口，就让自己更加混乱。不能因为丢不掉，舍不去，就嫌弃自己。

出口总是会有的，不是客厅与卧室的门，不是垃圾倾泻到海洋的管道，如果不知道是谁把门锁上了，别人还是自己，总是会有的。也许不是现在，也许要等很久，也或许，已经有人在门外转动门把，拿出钥匙。

只有门打开，有了出口，它才同时会是一个入口。可钥匙是不是这一把，我不知道，谁和谁会觉得终于回了家。还是真正地再来一个几十年，心才会擦拭干净。

我始终坚信一件事，无论父母对我们做了什么，他们都是爱我们的，尽管方式不同，也许方式不对。无论是快乐还是眼泪，你都没有理由去让别人伤心。我们何尝不是一样，也许方式不同，或许方式不对。我也多么想，变成最契合的形状。

在这个世界上，变成最契合什么的形状，不能太坚硬，坚硬到无法改变。也不能太软弱，软弱最后失去了形状。我不是一块残剩的拼图，我更宁愿相信我是魔术的盒子。每个人打开时看到的情景，并不相同。是惊喜还是惊吓？还是捣鼓了半天，都没有找到开启的方法？于是失去了兴趣，也失去了机遇，应该坚强一点，再坚强一点。会看到阳光，也会感受到温暖。

只是在这之前，我要好好地准备，好好地准备，不让它刺伤我的眼睛，让我流泪，也不让它灼烧我的皮肤，不让我对它感到畏惧，也不让我对它浑然不知。

无论是十年，二十年，还是三十年，只要我依旧活着，我会等到改变的一天。

狭路相逢却抱憾终生

人出气有两个鼻孔　何必再寻找第三个洞
做一只昆虫　就没必要去　考虑世界的大同

相逢相知相爱相重　再放松放手放弃放纵
沉溺的是梦　凛冽的是风　那什么又是永恒

男人爱虚荣　女人爱面孔
不同的人生其实没什么不同
爱就会冲动　恨就要失控
你说的话我为什么一定要懂

泪水为了感动还是为了欺哄
爱上一个人为何又心生惶恐
谁把罪孽深重竟当成了万能
原来我们都等待着被刺痛

烈火为了永生还是为了葬送
生命的朦胧是因为你太懵懂
谁提起梦我就联想到一场空
狭路相逢却抱憾终生

最晚明天

生活中也总会有太多的尽兴和不如愿，生活中总是有太多的最晚明天。为什么我一直这么久都不更新自己的朋友圈之类，就怪这个最晚明天，拖拖拖，重度的拖延症患者，实在是忍不了了。这次就得写了，虽然此时此刻我还是没有太准备好。

其实对于最晚明天，我还是有很多感想想抒发。就像最近总是习惯一个人来来回回，经历所有的起起伏伏。有时候限行的日子就坐地铁，站在门边，把脸贴着门，然后看外面飞驰而过的黑。有时候会在忙完后的深夜一个人溜出家，漫无目的地行走，有时候根本就不想理人，却又默默渴望着一切。很傻，却不想知道那是什么感觉，像是一种忽然收起了翅膀的自在坠落。

总觉得这城市这么多人，有些人是不是在行走中擦肩而过，就会几辈子再也不相见。或者就像朋友说的，或许跟你擦肩的那个人，其实却是另一时空的人。但不管怎样，你还是会毅然决然地走过这一切。是遗憾吗？或许吧。

想起某首歌，突然就很快乐，变成了快乐的一天，即使夜里醒来的时候陪在身边的人们都已经不在，我想，好心情两周前也许已经开始了。未来之所以是未来，是因为“未”来，未来临的事物，无法去猜测。我们不知道充满变数的未来，也许哪一天，变故又会再次开始轮回，但是，见到如此明媚的阳光，快乐变得无法抑制。原谅我，是你们让我快乐起来，原谅我，如此木讷无法照顾到全部。只是，那像梯子一样的树的倒影，和心里所想的一样的歌词，还有那破落的庭院，以及满书架我并不会看得太懂的书籍，让我感到了无名的幸福感。

我开始懂得一个道理，或者这世界有太多的最晚明天，但至少你要先学会让自己幸福，让自己当下就可以尽可能地幸福，不管那幸福是什么。是自私吗？或许吧。但有时候一切若太明确，一切又会变得更迷茫。是很贱吗？或许吧。我知道我们总可以挥霍太多的明天，总会有太多的最晚明天。但是也总有一天，你会再也挥霍不动。但如果那时候的你可以，你可以只需要心里的那个陪伴，你可以忘记什么是最晚明天。

那一定是，因为，你有爱。

白　色

你面向着绚烂的街　抬起的脚尖踩下谁
我知道有种感觉　叫作幻灭
能做的是我在退却　你都不必再安慰
可能在世界两端　你我　才真切

黑暗会掀过去阳光　朝霞也被夜翻阅
而我曾在哪里出现　没有所谓

现实里永远都有变多余的机会
我才不会是　很难放下失去的人类
为你幻身漫天却会融化的雪
所谓快乐只能止渴又怎是一切

可只需一点点忽略
就可以熬过平淡想起最初特别
可我眼中最佳空缺
终于成了你心中以为的自我凋谢

我像白色　没有耀眼的结尾

我像白色　尽情想象的乏味

我是白色　还不如透明干脆

就这样吧　听你说

我像白色　没有眼泪

我像白色　已流干了

我是白色　没有人能看得清我

就这样吧　看你走

最后的你　认为世界　总会拥有　着更美

所以改变　才好永远　所以孤单　渐渐解围

也许是吧　我不了解　就像　这场离别

变成白色　不顾一切

等天亮

我喜欢看到超市里面贩卖不一样的东西，从不同的品牌和包装，还有新的科技，人们越来越多的欲望和越来越多的需求，我站在其中有些想发笑，一边想着可笑，一边和所有人一样。

夜晚与清晨来临的时刻都是我最不安的时刻，欲望是从这两个时间点开始散发的，你会想说话，想和某一个人说话，或者，绞尽脑汁希望自己做一些让这一天变得有意义的事情，然而你没有计划，于是有一刻你会焦躁不安，有一些压抑，一些恐慌，随之而来的是被抛弃感。

当然，也许你并没有被人抛弃，但是因为你没有计划可以实施，也没有人面对着你让你感到高兴或者安心，于是你虚拟了这种被抛弃感，觉得世界离你很远很远。

成功是一件需要自控力的事情，你明白的再多，如果你做不到，那就是一种徒劳，此时此刻我愈加渴望引领者的出现，明知道贵人并不存在，或者他一直在某一方面存在着，只是无法将自己的理念完全导入你的生活，于是你像个无助的孩子。甚至有的时候你的无助低于了你的年龄，显得有那么一点儿矫情。其实你不应该让忍耐冷眼旁观你身边的这个自我，它又开始变得压抑和低落的时候你的拥抱居然让它感觉到了你的忍耐和冷静，好可怕，它说。

没有归宿感，它面无表情地看着你，面无表情的下面是自我和自我的百感交集和瞬间来临的情绪崩塌。最后我曾经说过，我们并非同一个人，我们并非相像。哪怕自我也是自我，哪怕我们共用一副躯体，更多的可能，这样的话，就比如这样的比方，我们用同一个杯子，我们穿同样的衣服，我们在同一个城市，我们在同一个地球。无限化，无限地结合又无限地分离，相对论，力的作用是相互的，我们都在伤害自我的同时伤害到了对方。可我从来不觉得爱别人的同时爱到了自己，也从来不觉得爱自己的同时爱到了别人。

我还是和曾经的想法一样，没有人能够忍受得了我，因为我也并没有想过能够去多么地忍受别人，即使我做得到，我也无法不说出伤人的话。你知道，如果你犹豫不决你会失去一切，但是你也要知道，有的时候你的选择会葬送你的一切。

人无论是在什么都没有的大圆盘上走路，还是在满是路标的许多条路之间走路，还是在钢索上走路，所得到的结果都是一样的困惑，困惑有的时候还会旋转起来，惯性使你根本没有办法做出你真实想要的决定，无论是抓住或者是错失，那原本的话语都已经被改编过多次，传达以及扭曲过多次。

一个过分害怕以致不相信永远的人其实最渴望的就是永远，它永远在做与自己的渴望相反的事，因为我说了，人是奇怪的动物，最后，我还在等待天亮，我还在等。

黑眼泪

又一圈　时间越过我们的流年
我坐在镜前　我想挽留的装点
是否思索　就能不在乎情的毁灭
恍然如我　轻描着爱恨边缘

在回忆的红颜绚烂又残缺
亲吻着镜中世界
最后剩你的脸　一点点碎裂

我怎么会为你让泪淌过黑眼线
我怎么会为你舍弃心不断涉险
每次抱我紧一点
又感觉要丧失了一片世界

我怎么会为你让泪淌过黑眼线
我怎么会为你没法绝情地对决
你只是笑却从没燃亮我夜
最终我也得不到忘不却　黑眼泪永远感觉

全 黑

你听说过白色么？因为有了太多的颜色，它失去了。你听说过黑色么？因为有了太多的颜色，它浑浊了。你听说过蓝色现在的消息么？它说，没有我，水还是一样的颜色。可以笑谈的事，突然间变了，阳光洒下来的时候，眼睛被刷成白色的了，你笑的时候我突然变得很难过，那些我笑谈过的事情突然都回到了当时的感觉，我没法问，也没有回答。

不知道为什么你看起来那么难过，所以很多瞬间都回来了。突然觉得，其实，世界从未改变过，那些过去的事情也从未离开过我的脑海，无论我挖出再深的坑，也填埋不了。它们依旧在回来，就好像从未舍弃过我那样，我看着自己的手，每一次都明白一次，为什么火车上的那个人会瞬间变了脸色。

突然觉得我们的生活方式都老去了，这个世界一定在发生着我们所不知道的变化。我没有更加强大的动力引擎，我看着厚厚的茧壁浅浅地笑。或许我们真的应该拥有一些不为人知的秘密，然而最后你又发现这个世界上，你所做过的所有事物都已经被人们实践了无数无数遍，还有什么可以将你推向顶峰？在为了害怕掉落而苦恼么？那么，即使知道掉落是多么可怕的事情，既然那是迟早的事情，为何不来一次没有保险带的蹦极。

因为活着不太需要各种理由，我在笔记本的背面都写着，这个城市是灰色的，这个城市是灰色的，这个城市是灰色的，这个城市是灰色的，这个城市是灰色的……可是最后，我依旧来到。饮鸩止渴，是我刚上初中的时候学会的一个词，我把它写在诗本的背面，我看着它笑，是嘲笑。许多年以后我还是会想起这个词，一遍一遍地想，想什么样的人喝下毒药，表情却假装很幸福。为什么阳光会那么好，那么好，为什么？却映衬到我心底的所有乌云无处躲藏，难道说我存在的时光一直都只是一个黑洞交错的意外，不存在？

你从未从高处坠落，便不知高处的风景如何。尝试一次没有保险的旅程，尝试一次没有安全保障的起航，尝试一次准备接受一切伤害的掉落。别人的经验拿在手上，你只知要避免，你怎知真实感受？即使是痛苦，是否也应有美好一面。全黑的世界也会有一星亮光，即使短暂，你想不想看？

阁楼男女

他已坐进露天剧场的十三号
她还在找昨晚刚买的票
她将挑选出来的红樱桃装好
他在水果摊前忽然绕道

说太多你好演太多微笑直到顾影都会自嘲
同样的过道相似的步调走进错开的门牌号

一切还好一切都早白天煎熬晚上寂寥
为回忆而懊恼因等待而焦躁

到哪里找去哪里好他在祈祷她在烦恼
皈依爱的宗教为巧遇虔诚地燃烧

她弯腰去捡掉在地上的海报
他擦身而过没入了人潮
他正想要冲出屋下楼去慢跑
她轻轻锁好门准备睡觉

相识过多少遗忘了多少撑过年少奔向苍老

大概是清早或许在傍晚总应该能与谁遇到

怎样凑巧如何是好心绪低潮生活糟糕

从相信缘就好到相信谁才好

熬过通宵等到破晓他在痴笑她在苦恼

透过两个窗口朝同一个方向远眺

我在哪里

我在哪里？没有冰冷的风吹过我的头颅。没有凛冽的雨刺穿剥落的心。生活按部就班，阳光很暖，夜晚冰凉，一直努力爱自己，没有好好爱自己。总是在想，要好好爱自己，我爱我自己，你就很爱我。直到某一天，你希望我放下自己去爱你，我试着把一切抛下，我试着去做，你却不再像最初般那么爱我了。最终的沦落只不过是，我不爱我自己，我也终于可以“爱”你了。爱为什么永远冰冷？

九十月份的阴霾，打破了我承受能力的极限，却又是某种意义上精神上的保护色。原来我已经接受了那么多，那么虚弱，却并不能再奇怪下去。其实我一点也不奇怪，因为我从来不希望奇怪发生在我身上。其实，那不叫作爱你，那叫作对自己放弃的放纵。其实，我一直都很爱你，在我改变之前。而现在，我又开始为它怀疑我自己，不明白接下去的意义，当然这世界很多事情本来也就不该被明白。

我开始问我自己：为什么不要大家的关怀呢？他们都对你很好。为什么不要开开心心的呢？为什么要委屈自己？看见自己脸色灰暗的时候，看见自己身无分文的时候，看见自己为了别人努力生活的时候，说实话，我为我自己感到悲哀。如果能够大步向前走，为什么不找一个步调一致的伙伴。如果能够大步向前走，为什么不就自己大步走，那个时候困难也没这么如同猛兽。其实我并不明白，你爱的是那样的我，为什么却要我改变，其实我并不明白。如果你爱的是那样的我，为什么却希望我变成另一个人。然后在改变中，慢慢失衡到彻底的方向，慢慢失去爱。一天笑，一天哭，一天离开，一天没有回来。所以，阳光拥抱过我们的脸。请别否定快乐，请给我继续成为我自己的勇气。放弃自己，那也就是自己的末日，也就没有自己了。

野 海

能不能再望着你的脸
澎湃着顽皮的海岸线
无人沙滩喧嚣的世界
我开始明白那是永远

能不能就搭上一条船
随着海风到你心里面
温柔的水流自由蓝天
我忽然明白爱的怀间

我的野海
我想把你放回我视线
再望见那个曾经倔强的少年
乘风破浪的冒险

我的野海
谁能把你还回我身边
告诉我比梦和自己更重要的
永远都存在这世间

换

雨后，空气里面有冰凉的气息。我再次依赖上香水的味道。做一场梦，梦里面有温暖又寂静的怀抱，闭着眼睛，一切又再次消失，走出场景，蝴蝶夫人重塑了自己的躯体，变成蝴蝶飞走了。小鸟在没有太阳的日子里聊天，到处都有它们的声音，睡眠不太踏实，有些习惯需要慢慢去改变，已经起了变化。

开心会有，沮丧也会有，什么事情都需要慢慢地脚踏实地。有一些东西缺失了，会彻底丢失。像在拼一块不存在的拼图，用零碎的碎片去对那一块奇怪的形状，怎么对都总是无法合上它的形状，人生是一座无法挽回的雕塑。当油泥在空气中慢慢变干的时候，改变慢慢带来了无法挽回的裂痕，它扩张到我的耳廓，顺着一条蜿蜒的路往上爬，我们无法回头，脚下远处风景很好，在大雾之中并看不清要去的方向，我们需要的只不过是大声地笑，没心没肺地活着。然后，忘却当初的缘由。

换了一个生活圈子，换了一拨陌生朋友，换了一种生活状态，换了一张陌生的脸。就这样忘了，心里很想逃。关注新的话题，换了一个新的ID。从一个世界消失，在另一个世界出现。曾经的曾经，就这样穿梭在人格的正反面。有些东西，不要相信会再出现，随遇而安，顺其自然。闭上眼睛，天空变了些许颜色，快进，二十四小时周而复始。你看，时间不会太慢的，他们说，不强求，不应该不求，拒绝太多，会不会有所遗漏。我说，人来人往，打了照面，还会说再见，时间不会在你活着的时候定格。不说，不想，只愿享受目前。

今天的空气有一点冷，还有好多的事情等着要做。像被割断了线的风筝，转身，再转身，没什么目的，很多很多的自由。闭上眼睛，睁开眼睛。猪熊二总发话了：小伙子你好好儿地，你将来的女友我们承包了。我笑着往碗里夹肉，今儿的麻酱调得有些淡了，还是那天清晨的海底捞好吃一些。那么多利益关系，有没有感情已经无所谓了吧。

“孩子你放心，感情处着处着就有了。”猪总说。

“听见了没？那都是百里挑一的，你就放心学习吧，猪总都说了，感情处着处着就有了。”熊总说。我还不是一件商品，但是我现在还无所谓，也无所谓。不用多问，接受是我们的责任。那么多专业术语的名词，不知道为什么最近看自己的英语书有点儿像是一个从来没学过英语的人。也只有在 K 歌的时候才觉得自己的英语水平没有那么差劲。听嘉阳唱歌，哎呀越来越透彻了。我开始喜欢楼上的沙发，我总是喜欢到小酒吧的二楼的沙发上坐。破酒戒，在他们面前喝到睁不开眼睛。你问我说的是不是醉话。第一次没有把卤煮吃完，晚上的风真冷。其实谁都有那种可能。笑得越来越开心，又开始反复做噩梦，醒来也不去回想它。真安静，那盆植物换了盆子以后长得比以往都茂盛。可惜天气开始冷了，它冻掉了几片完好的叶子。

把它拿回屋子里。谁都会有一次幸运，获得难忘的喜悦。

晚饭吃什么

盛夏送给我的故事
穿越阳光的飞机
在我心中划过一道你
只是你的面孔　我有些分不清

回忆吻在肩膀的痕迹
为我决定又一次远行
我爱上候机厅　是爱上等待与谁相遇

为什么不能爱两个人
在旁人的目光中有自己的任性
让我的幸福只为自己
盛夏送给我的故事　我要认真地听

为什么不能爱两个人
在彼此伤害中想念得如此清醒
时光会宽恕这段约定
盛夏送给我的故事　我们不会忘记

玩味的文字

空气不知怎么的，有一些黏腻。把脑袋放空，音乐又一次侵占了我的私生活，洗澡，水是透明的，我闭上眼睛，水是温暖的。文字是坏笑，你看到这样的表情会脸红心跳恼怒发热出汗，玩味，玩味的文字。玩味，玩味的声音。在这个空当里，我好像找回一点点我自己。

虽然只有一点点，但是让我看到了一些希望，也或许，只是一点点值得悼念的青春，让我们来说故事吧，说故事最好玩了，不过我今天累了，不想说了。改天，改天的吧，我有好多故事要说给你们听。这些故事已经在我的脑海里面过了无数遍了。我其实是个胆小的家伙，我有很多故事说给自己听，等我找到了我自己，我就把那些我脑海里的故事说给你们听。

说起来，在日本，有一种旅行，叫作寻找自我旅行。每当迷失自己的时候，就要独自外出去寻找自我，我也经常寻找我自己，找到了的时候，就会带着自己回家。但是不知道，时间越来越长，人在慢慢成长，自己却越来越难找了。后来经常弄丢自己，后来越来越怕找不到自己，后来越来越没有精力寻找自己。于是好久都不找了，很少和自己静下心来对话了，或许这个叫作自省。这一点点自己，哪怕只有一点点，希望这抽出的丝线不要断，能编织起一个完整的我。当过去的容颜，都不见，睁开眼，看到陌生的世界："他们依旧在，他们依旧爱。"

将来会有无数个夜晚，我知道。将来会有无数个清晨，我知道。将来会有无数个后来，我知道。将来会有无数个从前，我知道。将来会有无数个日子会看着天花板发呆，我知道。将来会有无数个日子会等着天一点一点亮起来，我知道。将来会有无数个日子要自己照顾自己，无论刮风下雨生病灾难，我知道。将来会有无数个日子要坚强，要忍耐，要给自己勇气，要给自己加油，我知道。这就是昨天所说的明天。

我的心里，我的自己，被包裹着。左手握住右手，慢慢伸展，自己给自己一个拥抱。

看着宇宙，不再当自己是一粒沙，因为我要做宇宙。做宇宙，做无限的宇宙，做宽广的宇宙，做规律的宇宙，做幸福的宇宙。

只有宇宙，才会有那么大，那么大，那么大。用我的双手，比出最大的距离，还是比不出宇宙的半径，这就是昨天所说的明天。许多我从我身边走过，看着我，微笑，叹息，仰着头哭得像个孩子，蹲在角落里低头抱着自己，乐得扭曲了表情。

没有表情，发呆，放空，瞌睡，隐忍，精神。她们一一和我打过招呼，从我的面前走到我的身后，我看着眼前，眼前的这个我，她把手搭在了我的肩上，是的，我现在需要我自己信任的目光。给我一个信任我自己，更坚强的理由，这就是昨天所说的明天，其实将来我不知道，我只知道我的现在。其实过去我不知道，我只知道我的现在。

洗把脸，冲个澡，清醒清醒，迎接无论雨雾还是太阳，这就是昨天所说的明天。

告别天堂

夜空的星　一晃晃　一晃晃　的灯光
身下的城　一盏盏　一盏盏　在上妆
黑色的天　已经都　等不及　你出场
只有云朵　能让你　的纯白　躲藏

夜空的风　一声声　一声声　的暖场
身下的人　一遍遍　一遍遍　望天上
所谓尘世　不管是　谁口中　的肮脏
你都只能　用神圣　的姿态　前往

雪花　告别了天堂
为了　这世界纷扬
你似乎笑的脸
似乎没有了悲伤

雪花　告别了天堂
风中　获得了绽放
铺下帷幕的光
让你消失着流芳

抱

我忘掉了很多事情，我逼着自己忘掉了很多事情，然而我又记起了很多事情，接着再把它们遗忘。我感觉我变得陌生起来，这又意味着，我再一次长大了。长大总是永久的事情，它不能后退，再也没有人抱着我，摸着我的头对我说，乖。

我开始怀念小时候，每次不开心的时候，都可以抱着朋友大哭，总可以有一个温暖的怀抱让我放松下来。只是，没有想到，这样的日子，已经离自己那么那么遥远。现在的我，不哭，自己一个人待着的时候更不会哭，我居然还是那么容易在你面前流眼泪，我真失败，就连我父母我都没再在他们面前掉过一滴泪。原来这就是坚强么？就是把所有的脆弱咬碎了咽进肚子里，让自己疼得死去活来，却要不发一言。原来坚强是这么脆弱，会让一个人慢慢忘记信仰。

只能告诉自己，要坚强，永远要坚强。要幸福，永远要幸福。我们每一个人，都会有自己的改变，都会慢慢好起来。我坚信这一点也要这样走下去。只有好好爱自己的人，才值得了这一生。

梦花园

紫罗兰会　随笑轻摆

月季捧着光线飘来

不要未来　今夜都太快

满簇杜鹃　玫瑰倾戴

相守都是长青松柏

吻你脸颊　告诉你爱真的存在

城市冰冷面孔下

温暖双眼扬起来

交汇彼此心中这相拥所在

梦花园　我们的爱

记忆漫步破茧而来

同你坠入尘埃

静静被天空拥戴　才不愿离开

梦花园　我们的爱

小小的世界却盛开

在幻化中期待

所有错综的荒园都消退还幸福　一个清白

雨露晶莹穿梭云彩

蒙上眼命运也已安排

天地之间

你就是我奇迹永在

第五章　如果不回头

传诵

我可以做什么，然后，我要做些什么?被生活包裹起来的襁褓，没人和你争抢什么。快乐是你的眼睛，所有的人笑起来都很美。为了你们，我的人生起伏，像再也没可能要去更改的歌。高潮部分唱起来拗口，你笑起来让人想哭。

理解错了什么，你想要的是什么，我把生命里的每一部分拆散了给你，梦都像有人在出没，谁来吹灭早晨还点亮着的蜡烛，像是我旋转的梦，每一种可能都仿佛绚烂夺目，快乐到底要不要预支，我宁愿独自坐在空气里，像站在大树下面，阳光可不可以不要太刺眼，我的身边原本空着位置，前来游玩的人休息以后起身就走，没有人挥手，也没有人在乎。

最近越来越觉得自己很枯燥乏味，似乎这几年每天都干那么几件事，如果谁跟我整天待着，一定会嫌弃死我。感觉自己还养成了一种强迫症，比如我想好的有些事，因为一些变故，不得不延期，我就会坐立不安，我就会找别人麻烦，我就会很不舒服。其实，想想也很好笑，赶的东西未必是好的，按部就班或者说顺其自然的才是应该的吧。如果看到一个人或一群人不顾这世界的秩序，而毅然前行，我的心里总会异样。自由的人马，虽然被我无限地遏制，顶多放纵在想象中。但那片蓝天，又让谁，痒痒的。

是的，谁都可以不懂，没有人会穿过你生命里的路，那只是一场异常孤寂的独舞。就像电影院里灯光下的影子，永远分不清是谁走过。早晨的空气会越来越凉，人们即将开始起床穿衣，我的朋友们都在自己的生活里开开心心，那么我就应该把过去忘记。所有的都是虚幻的，因为只有快乐不会是真的，难过也不过是假的。然后你点点头，我也不会因此生气，因为生命是共同体，即使再多年以后也难以再见到面。我想要的，也不会有人来告诉我，就让生活继续下去，去控制一些东西。再也回不到那些夜晚和从前，我们也不必再去回忆，终有一天这些所有的事情，所有自以为伟大与否的事情，都会不再有人传诵。

吞　没

在一片黑暗中　你终于愿拧开一盏灯
你怕你一直趴在书桌　会乱写出一个黑洞
残食你给谁的礼物　一辈子没必要再送
窗外的礼花都朦胧　意识越飞溅越沉重

吞没就算你流下光速的眼泪
吞没就算你还没被幸福瓦解
吞没就算你尝试在极限徘徊
吞没就算你已经爱到无所谓

巨大黑潮抽离了你　地心引力也放开你
原来你爱的是自己　还爱得有太多阴影
你确定未来会悔恨　却依旧狠下心来背弃

在茫茫的荒野上　你终于愿抓住那稻草
你想你躺在沙发上　心甘情愿为幻觉掏空
就像你最后的告别　今天昨日没有不同
也许有些幸福　吞没了　才会心中永生

当诗人开始落魄

小时候，我睡前听的不是童话，而是自我的胡思乱想。比如一个人没吃过橘子，然后他把橘子皮也吃了下去，还很奇怪这么苦，为什么大家还喜欢。还有一个人没吃过石榴，还有一个人没吃过香蕉，还有一个人没吃过栗子。那个时候我总是举一反三哈哈大笑，竟是没有想过，为什么？

能有什么为什么，有的人，吃了一辈子苦，觉得它是甜的。有的人吃了一辈子甜，牙坏了。不是因为他人不可信，而是人类唯心，他人的观点，终究都要经过自己的经历——跌倒爬起、登高下楼。只有共有经历，才会有共鸣，理解一个人，想去理解另一个人，除了切换自己的模式，假设自己是他，没有更好的方式，按别人的思路想问题，是一件永远会跳脱的事情。

一个人的仇恨，总是需要很多时间，才能够化解。只是那种绝望，是不是真的可以化解？

每当人世间多发生一件事情的时候，我总是想，我的人生又完整了一些。我没有什么情商，更别提什么智商，对别人的肯定，其实有时候，也只是为了让别人看到黑暗中的一束光。究竟有没有一束光？你说有，便有了，心想事成，人类的世界是人类自己所创造出来的。

没有完整的好，没有完整的坏，平坦的世界有什么问题，地球是不是圆的真的没有那么重要。重要的究竟是什么？人活着，必须给自己一个活着的理由，意义需要自己赋予。当一个人开始反复重复一个观点，除了能够证明他老了之外，他也为自己贴上了标签。那就跟“按时吃饭，按时睡觉，走马路注意左右看”一样，成了啰唆。

有多啰唆？经历过也不一定就能够理解，不以为然，自己的世界终究由自己创造，只有自己能够理解的东西，才会变成自己。突然想到的观点是填鸭式教学，可是，究竟是我们在追求智慧，还是我们追求着想要把智慧延续，延续不一定能够得到继承，最后完全取决于你要的是什么。

可是你究竟要什么？你怎么肯定你要的追求，不是他人潜移默化加予你的假想？

当诗人开始落魄，当艺术家穷困潦倒，当人们向生活妥协，你又怎么能够相信这不过是推动历史的潮汐带来的“多数人”意志的一种体现？一个人时常羡慕的是什么，他为什么不羡慕他自己？自己为自己创造了那么多，你的缺点他人的优点。求之，不得，羡慕万分。又说，这不是一个人真正想要的东西。若心无旁骛，又怎会求之而不得。你说的素质，大概是源于控制，这样一个人的素质高低，大概只看他有多少自控。这里“素质极高”不代表深藏不露的可怕，自控代表的是收放自如，你这么一说，提醒了我。收放自如，应该是比简单的自我控制更高深的问题。应该是一个更艰难的课题。自知之明，就是脱口而出：现在的我做不到。

我们自始至终不应该为未来太过担忧，四月天，油菜花开。人的精神大概异常，情绪变化趋于可以理解，但却不代表痛不会痛，笑不是笑，过程不是过程，结尾不是结尾，开端不是开端。知晓再多，改变不了结局，担心人类未来，却将自己抛之其外。时间不会停止，世界永远是变数，规律可循，变化永远在变化之中，植物会生长，会抽芽，会开花，会盛，会败，会凋谢，会死，会“重生轮回”。

怎样在变化之中坦然？清明一世，糊涂一世。

起码那些经过懂我

松开你的手　背后是　十八岁天空
那时　放不下的　只是贪玩

或许看不透　世界寂寞　落日还灿烂
孤单的流泪　也不算是太难

一晃已经多久
累了调侃　恋情要　怎糊口
睡进现实　人山　人海　城市　的挥霍
触的梦想　是豪宅冷墙　是名车光泽
舍弃执念　还痛不痛　哪颗心　会为我私有

曾拼了　多少时光
来拥有　和你散步　的月光
那一刻　怎么会后悔把　彼此都照亮
梦醒　始终难忘
而你背弃我的理由
是咬破唇也要　达到的成长

曾付出　多少心慌

才换来　和谁擦肩　的心安

人活着　命中若都虚无　会有多风光

只盼　能离开时

带上记忆和你的

每次微笑的美　每滴泪落的伤

要信服　所有光阴的对错

都是我　天注结果

就算无法跨越　一个永远

起码那些经过懂我

发 泄

我不知道那些具体的日子，只恍然记得那是几年前的冬天，怎么可以情绪一下子要跳崖了。其实好像只是芝麻大点的事，却让无数个恐惧积聚成了无法挥去的黑夜。在那一刻，最黑暗的一刻，这简直太可怕了，我当时只想和世界上的所有人说话。还好，也许用博文哥的一句话来说，就是人生总要经历过一次鬼打墙才能找回自己。就在那个寻找阳光的日子里，我写了很多字。灰心地，沮丧地，默默地，写下这些字。带着痛写梦想，带着黑暗写阳光，还真是很难得。

小时候妈妈说我见了生人，总是躲在她后面。现在也是时常低着头走路，其实从来也不觉得自己有多好，别人夸我，我就说是运气好，别人骂我，我就笑一笑。也从来都是诚惶诚恐，患得患失，不想刻意，害怕虚伪。但又时常觉得自己根本就没做好，自责，持续地自责。

静下心来，仔细洞察星球转动的方向。地球的引力，宇宙的磁场，你的喜怒哀乐，预言家的猜测，国家言语和情感的差异。你的信仰是什么？它是不是被这个世界打败了？你欣喜什么？你忍耐什么？你期待什么？你开始怀疑自己的直觉了么？冥王星围绕着内心的轨迹不停地旋转，给我再多的自由，我也无法从内心真正地快乐起来。

我笑了，笑得很大声了，我不哭了，我学会沉默了。我不想再画任何东西了。画画快乐不起来了，画画发泄不起来了，顺应时间，顺应星球的运转，顺应风的方向，顺应水流的走向，顺应年轮的倾向，顺应他人的脾气，顺应现有金钱的消费习惯，顺应人群的脚步，顺应他人的愿望，顺应世界万千，就是顺应不了我自己。

对不起，今天我不快乐。对不起，就算假装也做不到。对不起有用的话，还要警察做什么？手足无措，只能茫然地坐在这里。怎么办？还要继续控制。我已经分不清，到底是放纵自己所有的情绪算是一种自虐，还是控制自己所有的情绪才算是一种自虐。只是，后者是不是能让自己看起来好一些？是吧，让自己看自己好一些，让别人看自己也好一些，所以，我和我只能妥协。但这些都不管了，真的不管了，彻底不管了。我真的很懒得去解释，我只想默默地做一些事情。然后把每一天都当作最美的一天，最值得微笑的一天，做一个努力用心微笑的人。

只是，我想知道我是不是真的能够坚持一辈子。

认 影

巴黎的初雪迎面
哭泣的你躲避开我肩
想问你冷吗
却听你在寓所前抱歉

乌云遮蓝天
像铁塔默立湖面
原谅我看花你双眼
总觉那有玫瑰鲜艳

载你逛城的初见
那时你还没有学懂抽烟
却若有所言
难道早知车开不回那天

爱若是演技篇
在懵懂间怎翻到永远
当墓碑终结了一切
谁还如塞纳－马恩省河绵延

可惜我在你心里面
却忘记你还在身边
想不管人世追逐多远
你都像影子相连

原谅我不懂得相恋
却任你搂我在怀间
以为这就是所谓明天
直到栽倒时间前

终于我们无力分辨
只放那句珍惜眼前
原来为寂寞顾影自怜
总好过孤独泪眼

等晚霞又染红天边
是否只想回头看见
那张我永远认得的笑脸

所谓“真理”

“世界上绝大数的人，并不渴求能证实的真理。在大多数情况下，真理这东西，伴随着剧烈的痛苦，而几乎所有的人都不渴求伴随着痛苦的真理。人们需要那种美丽而愉快的故事，多少能让他们觉得自己的存在有重大的意义。正因如此，宗教才能成立。”

“如果学说 A 让他和她的存在显得意义重大，这对他们来说就是真理。如果学说 B 让他们的存在显得无力而渺小，它就是冒牌货。一清二楚。如果有人声称学说 B 就是真理，人们大概就会憎恨他，无视他，在某些情况下还会攻击他。什么合乎逻辑，什么能够证实，这种事对他们没有任何意义。很多人都否定自己是无力渺小的存在。力图排除这一意象，这样他们才能维持精神正常。”

试图用痛苦的“真理”去改变他人，使他人失去信仰，从某种角度上看是一件非常残忍的事。这种“真理”并没有任何好处，它带给人们的只是精神支柱的崩塌和更多的无力感。它是毫无感情的，是冷酷和绝对，是没有感情成分的“关爱”的空壳，是一切美好向往的反面。所以，请你忘记真理之真吧。那些答案只会摧毁一个人。

还是要开心呀。还是要开心呀。只要记得这句话就好，消极到底的反面，是无限的乐观。我从来就不适合和人说太多。因为言语的重量，常常，压得我喘不过气来。小时候笃定地相信一些事情，越长大，却越是将信将疑。待到茶凉，再添水，汤色已无，寡淡得得以自省。从没有什么可能，还愿世人都聪明些。可有时候回首相看，笨的人又好似是自己。后来才发觉，其实也不用解释，怎样都罢了。人间自有好时节，一时便有一时的喜忧。飞鸟与鱼不同路，从此山水不相逢。每次听到好听的歌，吃到惊艳的食物，寻到不可多得的人才，看到天底下罕有的物件，购入令人惊艳的玩物，多半都会，心跳漏掉半拍，愈发猛烈。奇货可居，令人开心。

比如雾霾天，就不要听那些伤感的歌啊。无论你是想念她，抑或是想念我。人生从没有回头路，从相见第一眼，沙漏就开始了倒计时。早也好，晚也好，再相见，又说再见。羁绊，是什么。卸下面具，原来从不记得谁的脸。只有残留的记忆，反复的潮汐。而你在心里面，要怎么道别。

如果我能爱一个人入骨，我会想那个人是不是羊棒骨成精。

风　夜

突然蓝天没了
我不断地变化
却融不进傍晚

那些星光　从未失约
让我被　回忆推搡

我想在　风夜窗边念首诗歌
我想在　那个名字里面爱过

可能她的吻已经变成她的唇
可能她的脚印已经变成灰尘
我握不住了我们握过的时针
一个人勾画的梦　有些失真

可能她的眼已经变成她眼神
可能她的离开已经变成听闻
我站不进了我们曾经的光影
一个人虚掩着门　相信天真

一次冒险换一个人生

一次冒险换一个人生，这是一本书——《大象的眼泪》里扉页上的话。这本书让我很喜欢。结局没想到竟然是温暖的，男主人公很年轻就失去了父母，然后离开了既定的学校。随便跳上了一趟火车，但却收获了如此光荣的一生。最了不起的是，在书的最后他90多岁了还是“逃”出了敬老院，继续过他的马戏生活。火车马戏团的生活包括又不限于爱情，酒，各种野餐，动物，甚至俏皮话，都让我着迷。我记得我连开车都在看这本书，当然是在等红绿灯的时候。

有时候真的觉得人生就是一场冒险，而且更多时候你都不知道这是冒险。你只是率性而为，后知后觉，或者无所谓了一次，好几次。还记得，在2007年那个北京的夏天，我在写《天使旅行箱》这首词的时候，李泉老师发来短信给我加劲，说我一定能写好，一定可以给华语乐坛来个重磅炸弹。当时我只是当作一种信任，而更加油更努力，我何德何能配上这句话。

后来回头看却发现，那句话那首歌炸没炸华语乐坛我无从断定，但确实是把我的人生轨迹完全炸出了另一条路。有的时候真的觉得不可思议，还记得最小最初的志向是当一名足球运动员，当时也开始了系统的训练，但由于种种原因不再踢球后，我又觉得我应该做个MBA，抑或是在当时刚兴起的互联网大潮里去做网站？再不行要不就是搞房地产去，要不就做公务员去，如果我不知道还有另一个人生等着我，我也会觉得穿工作装，然后老了挺着一个大肚子，夹着公文包，或许其实也不错。因为我真的很傻很天真，在上大学之前，我甚至认为这世界上所有人都是我这样。我甚至没有仔细考虑过世界应该是怎么个样子，而我又是要成为什么样的人。

机缘巧合下，当我认识了越来越多生猛的人才发现，原来不上学也可以这么出色，或者，什么才是出色？挺好的，甭管未来会怎样，一次冒险换一个人生。

海 面

海面　蔚蓝的一片　想起　谁笑的脸
最初　能否停住日落瞬间

就当　没有了回忆　只想念
能有多美　用力扔出去的石子努力着许下的愿

曾奔跑　曾舞蹈　随浪花飞溅
失去的　得到的　都无悔向前
直到再见在哪里再相见

如果就这样面对着沉睡的海面
会离开那受过伤的城市有多远
他还爱着你吗　也许梦里听见
还是醒来　就此告别

如果就这样面对着沉睡的海面
海风扬起的发仿佛幸福的初恋
你还爱自己吗　也许模糊双眼
至少有海　留在你身边

一瞬枯黄

当时间以年为单位，开始一滴一点地爬行。我们的过往像没有存在过的虚妄。瞥一眼爱恨情仇，饮一口寡淡江水。你我都依旧是不可言说的各自隐秘，被埋藏在涓涓流动的时间里。从懵懂的爆发到成熟的收敛，从万众瞩目的放荡到慎微的无言，学习着世间永远不能辨清的语言，一三四五起，万千世界。于是七年一个轮回，一个人一生要活出千百种姿态，停格在世间的每一秒，都将不复存在。曾小心翼翼记录点滴，抑或不能自已地放声大笑。

我曾经的目标其实是想做个艺术家，还记得小时候上学老师总是爱问长大以后你们要做什么。我还记得，有一个人说想当开电梯的，于是大家哄堂大笑，我也只能笑。后来老师狠狠地批评了我们，说开电梯虽然简单，但一样是伟大神圣的，我们嗷嗷了事。不知道现在那位同学是否还在坚持他的梦想，但我只是看到很多当初说要做科学家、发明家、运动员的伙伴们，现在却坚持在政府机关挺着肚子盖章。不知道他们快乐么？不过我一直觉得不管做什么都不简单，也未必需要神圣，就像扫完地蹲在路边抽烟的环卫工人，和刚统一了诸国的秦始皇，他们的内心是否有某种契合？

最近我发现我学会了选择性失忆。这个比逃避更高级，直接就不需要洒脱，直接继续下去，但是我的努力，需要我来证明，这个不能忘。虽然我一直在迷路，就算我从最初总是写一些我说爱你不会变，到现在可以参悟到若痛是为承诺，泪不掉一滴。是不是我长大了一点，但似乎，有些情感永远让我迷路。最近迷上记梦，实在是每天做的梦太多。所以起来第一件事就是把梦里的光怪陆离，依稀记下。或许是为写东西用，或许是闲的。但更或者是为了某天真的遇见我的梦，我有证据。

等所有纷乱的情欲都消散，肉体也终于腐朽，要在所有记忆消失前，再多留下一些，镶嵌在这永恒的音乐里，等下一次轮回。若化作一片落叶，飘到某个窗台，听闻某段旋律，一瞬枯黄。

开始的结束

如果蝉　的一生
不再只能够活七天
面对着　崭新的风景
能否由衷地喜悦

两个人逃出了天命
承诺的盛夏永不冷却
这只是想象力　陪空屋千秋万岁

可开始我们微笑的脸　是否结束才优美
快乐得渐渐　丧失知觉
难道就不该　需要眼泪

可开始我们微笑的脸　是否结束才会理解
等穿越人海　都来不及结尾
我们重新明白　这一切

你是我的　我是你的　一瞬间也够

创作属于你自己的意义

人，活着为什么？凡事努力，只是为了给自己创造一个活着的意义。意义是什么样的？我们按照自己的想法，希望它能够形成我们头脑中最完美的形象。无形的声音告诉我们要坚持，无形的声音告诉我们不如放弃。为什么要坚持？因为坚持就能够完善意义。为什么要放弃？因为放弃可以使人得到休息。人生本来就是战场，除了极少数人外，刚开始的战役都是输多赢少，甚至一败再败，我记得我最初不断地把自己的作品用各种方式投稿出去的时候，当我最开始参加歌词界里所谓的比稿的时候，失败，甚至是没有任何回应，那简直就是司空见惯。紧绷着的鸡血是会有一天打完的，有的时候放弃那么一两天，一两个月，甚至一两个年，从新地审视对于此项坚持的爱，而思考怎样去调整，更应该是一种务实。虽然放弃在某种意义上也是一种消极。我们并不渴望消极。消极是一种不正确的人生态度。更重要的是，很多时候，放弃去做一件事情会使人感到懊悔。

为什么会懊悔？因为原本我们可以给自己创造更多的价值，更美好的意义，更完善的生活。所以，才需要更多的坚持。但是为什么会坚持不住？因为坚持本身就不是一件容易的事情。坚持有的时候很快乐，当你感觉到自己是在坚持的时候。你会为自己的勇气而感到愉悦。但是更多的时候，你会感觉艰辛，痛苦，烦躁，疲惫。

整日放松自己的行为是不正确的。喂狗遛狗安抚猫的情绪只是你为了生活在无意义情况下安排的意义。它们并不是最主要的意义。你不是为了它们而活，而它们仅仅因为爱与亲情和你在一起。也就是说，你应当为自己创造属于你自己的意义。

只不过最浅显易懂的道理，都是最容易忽略的，也都是最难一直实践，而且大多数人还不肯承认，所以话已至此，你应当做更多的事情。

我们都是演员

曾对掌声着迷过
也被幻境玩弄过
当幕布落下醒来思索
为何却总怀疑我身在何处呢

万年星光黯淡着
城市霓虹魅惑着
心中被名利的妆污浊
何时在头顶上开出花朵

你在我头脑改变什么
又让我的路扭曲成欢呼的泡沫
然后美誉我 放纵我 嫁祸我 害惨我

我不要再替谁那么真实地微笑着
这世界千万年来都是虚假的
那恢宏的剧场叫生活
我的罢演是洒脱
就算观众都离座却有上星空的快活

我不要再替谁那么蹩脚地哭泣着

泪不是用来轰动人群拥戴我

哪怕混乱不堪的人生

也是真切的蹉跎

我要比什么时候　都爱我

原谅我总是让你寂寞

“除非我变傻了，也许我会把一切都忘掉。”

冰向上游去，从缝隙里我们看见了许多的杂质，在它本应该纯洁的结晶里，它本应该是一种纯粹的代明。冰向上游去，它是直接从空气中蒸发的，就那样瞬间地解体掉，那些不干净的都会被留下来。你笑着，我一闭上眼睛，就只能看见一股烟雾。再睁开，再闭上，又只剩一股烟雾。这种梦境，就算你再用力深呼吸一百次，一万次，也是徒劳的。原谅我总是让你寂寞，让你在一个无人的旷野中肆意地奔跑，让你在这刺眼的阳光里含着泪发着呆。

就连你也知道这样的阳光会化为乌有，

嘘，或许只不过再等着日子安静地睡着了。像是一切自然而然地发生又愈合，不留下太过明显的痕迹。我把礼物送给你，它看上去不比一个拥抱更实在，但是你会看到，然后想起些什么，然后去忘掉。如果再给我一次机会，恐怕我还是会这么活下去，这样地相处下去。

有一些植物颜色艳丽，它们把触角藏进了你的手指下面，但是它们不可能永远都不暗淡。它们会死去。如果你们是我的朋友，喜极而泣，在过去时里面我们失去了很多类似这样的名词，周围的人都会因此消失掉，就算我们会在另一个地方重新出现，再重新开花。闭上眼睛，再睁开眼睛，这一觉我睡得很舒服，尽管身体在不断地蒸发。如果有一天没有一瓶水在手边，我们会不会死去？如果有一天我闭上眼睛，再睁开眼睛，你就忘记了我们是谁。

你不要变傻，不要忘记我是谁。它们融化，然后蒸发，就像它们曾经都不曾存在，一股烟雾，在黑暗中，白得有一些太过突出。谁都知道，梦境是虚幻的，梦境是难以为继的。你不要变傻，也不要忘记我是谁，冰水喝多了，胃也会疼。但是我们也比谁都更清楚，那是因为，有些东西永远进入了我们的体内。永远地侵蚀着早已经洞开的脆弱，甚至是乐见其成。因为我们不是理性的，我们不能停止去伤害自己，所以一切都只不过盛夏一句，不要变傻，也不要忘记我是谁。这是哀求吗？也许。

阳光尽头

拥抱丢到了夜空上　谁看见阳光的泪眼
我们面对面撕裂　彼此放肆的假面
该不该　为了爱　再耸耸肩
得到欲望　失去了感觉
当命运转针在轻蔑　心情逃进荒野

我要你温暖的手　再拉住我再不放手
都刺眼的温柔　如果不得不尽头　把我留在阳光中

是否爱炽烈的箴言　就在世界冰冷破灭
我们撞击着心结　彼此背叛的挥别
能不能　为了梦　再垂下眼
忘记原本　记住了分裂
当时光碾过的预言　未来躲在旧街

我要你温暖的手　再拉住我再不放手
都烫碎的厮守　如果不得不尽头　把我留在阳光中

是不是那一缕风　带来漆黑的夜空

是不是我们只差　一句永别

是不是那一瓣花　凋谢了千里晴空

是不是我们只有　一句道谢

最初的梦想

似乎等了有些时候，大概几年前就写完了这首词初体，后来森森把它赋予音乐生命，再后来李泉老师把它发现，带入唱片公司的流水线。直到现在，赵薇老师演唱了它。但其实这些都不是我想说的重点，我想说的是这首歌的曲创作者——森森。

她现在应该已经在西方世界了，追逐她另一个梦想去了，我还记得在她临出发前得知我们的歌发表了。她悄悄给我留言说，谢谢你，帮我完成了最后的梦想。

而那一刹那的我，又该回答些什么呢？我一直都很羡慕钦佩她，她比我小，却早早发表了作品。她虽然生在温州，却为了音乐一路来到北京上学。这些并不是像我这种生在北京，总爱混日子“怨天尤人”在心里没事就骂大街的人能做到的。从认识到现在，这中间我们合作，交流，互相诉苦，互相鼓励，也有几年了，可是我一直很愧疚。

我一直很愧疚我没有能更多地帮助到她，我说的帮助当然是指实在的。没能帮她发表更多的歌，赚更多的钱，就连中选赵薇老师的案子这个惊喜到发表，也一等就是两年。也许这中间消磨了很多，也许她也做了其他决定，但至少她还年轻。我还是为她祝福，不虚假不矫情但却有些不甘心不乐意的祝福。因为，如果，我说的是如果，如果有一天我还是希望咱们还能一起做音乐。

是的，我总是爱跑题。就像我此刻又想起了很多年前的画面，我还记得，那时候一整夜泡在佳阳家，他会躺在地板上抱着吉他自弹自唱。我还记得，那时候我和大洲挤在那个只有几平方米的琴房角落。我还记得，秉音兄，好好的富家子不当，却离开父母为了音乐在北京打拼。我还记得，志强哥开车带着我，一路给我讲解车载CD里一直循环着的那首梁静茹的《失忆》，车外的夜景那么璀璨。

还有很多很多画面，那时还在地下室的翁乙仁，做起乐队的夏哥，做上美容的罗亚圣，等等。从小我就一直学书本上的科学家，艺术家，从小我就一直看电视上的偶像，但是这些或许对于我来说，都不及这些画面这些人，来得震撼，来得伟大。

我不想煽情，因为有些东西本就不是煽情。谢谢你们给我的一切，教我的一切，因为你们，我才是自己。因为你们，大陆的音乐才有未来。

给偶像的歌

一直想写首歌给偶像
有太多心里话想对你讲
看到没　过往　如宝藏
那记载梦的年龄闪着光

就像孩子总会崇拜一样
那时的我真的为你疯狂
你在心目中跟神没两样
我连来世也想　做你同窗

或许是幼稚　才天真的痴　无法去抑制　便一直坚持
见不到你就哭成傻子　每天都希望梦见你一次

期待你的歌　每首都能传唱　渴望一颁奖　你便会席卷光
把你幻想成恋爱的对象　也不知冷落多少死党

攒了一假期的零用　只为能够买票进场
为你热泪为你鼓掌　奢望吸引到你目光

我仍旧想寻找一个睡得安稳的地方，或许寻找的，并不是一个地点。也许能扶我自己站起来的，也只应该是我自己。

你笑的时候我突然变得很难过，那些我笑谈过的事情突然都回到了当时的感觉，我没法问，也没有回答。

就在那个寻找阳光的日子里，我写了很多字。灰心地，沮丧地，默默地，写下这些字。带着痛写梦想，带着黑暗写阳光，还真是很难得。

世界上绝大数的人，并不渴求能证实的真理……人们需要那种美丽而愉快的故事，多少能让他们觉得自己的存在有重大的意义。

人，活着为什么？凡事努力，只是为了给自己创造一个活着的意义。意义是什么样的？我们按照自己的想法，希望它能够形成我们头脑中最完美的形象。

原谅我总是让你寂寞，让你在一个无人的旷野中肆意地奔跑，让你在这刺眼的阳光里含着泪发着呆。

成长到最后，变成抛弃的过程。抹去惊吓的表情，抹去钻牛角尖的思维，我们不再将一句话来回琢磨无数遍。我也很久没有看到早晨的灯一盏一盏亮起来的场景了。

你转过身去了，面对众人不发一言，变沉默了，全世界都在陪你堕落。我不该留下太多的麻烦，因为神给了我顺从的钥匙。

唱到这里感觉很异样

也许回想难免带些感伤

不经意　一切　换了样

谁都不能避免的是成长

那天从银幕中又看到你脸庞

却发觉你微笑得很勉强

原来你也有着寂寞忧伤

原来你也跟平常人一样

长大的孩子　渐渐懂了事

不再像当时　迷得没理智

那个拼命呼喊的名字　却拥有了更神圣的位置

演唱再火爆　也最终会散场

人生再风光　也敌不过时光

等你孤单一人也别沮丧　若不嫌弃就请听我唱

很庆幸你是我偶像　一路上陪伴我成长

这份感激又怎能忘　你是一辈子的榜样

如果不回头

如果不回头，就会与过去失之交臂，说要一直向前，这样的话，快乐，没有负担。睁大眼睛，直视今天的自己，却无法同样直视昨天曾经存在过的自己，究竟是负责任，还是不负责任。最近我写东西的时候，发觉自己一直在原地踏步。糟糕的时候，像一个从来没有写过字的孩子，振作一些的时候，竟然也没有超越过我自己。我没有回头，就看不到过去的自己有多优秀。我没有回头，就看不到现在的自己有多平凡。

成长到最后，变成抛弃的过程。抹去惊吓的表情，抹去钻牛角尖的思维，我们不再将一句话来回琢磨无数遍。我也很久没有看到早晨的灯一盏一盏亮起来的场景了。小时候，早晨骑车去学校的时候，总是又紧张，又威风，又开心。自己骑着自行车，在胡同里像一阵风一样的时候，觉得自己掌控着自己的去向的时候。即使心情不好的时候，也感觉贴面而过的空气带走了什么。就这样，听到了许多旋律，歌词，语句，日记里的每一段话，都在路上来回地琢磨，最后还能够记在脑海里，写在纸张上。于是琢磨了许多问题，以为自己会知道得更多，知道得越多就会越成长。

只是没想到，人生——像一个锥形，知晓得越早，就越快衰老。小时候，总是觉得，这个世界上，有意思的事情，多得做都做不完。可以学习很多很多的事情，可以很快乐，可以写小说，可以唱歌，可以捉蚂蚁，可以堆雪人，可以打雪仗，可以在睡觉的人脸上画眼镜，可以给自己的手腕画手表，可以出去写生，可以种花，可以每天给自己拍一张好看的自恋照，可以整理房间，可以精心设计每一个角落，可以认真地写日记，可以做的事情，所有的事情，都有着自己的意义，都是有意义的事情，都是重要的事情，都是可以快乐的事情，都是忙碌的事情，都是能让人睡好觉的事情。

可是现在，可是现在的我，却开始胆怯了，原来我的胆子，也真的像锥形一样，开始变小。开始一遍一遍地问自己：有什么意义呢？这么做，在成人的世界里，有什么意义呢？我不喜欢这样问自己，我也不愿意看到一直停滞在时间缝隙之间的自己，为什么不上路，为什么不继续走？为什么不能为自己感到高兴？为什么不能够肯定自己做的每一件事情？为什么需要别人的赞扬——才能够提起自己的精神？为什么只有当有人走出来，拍拍你的头，夸你做得好的时候，你才会打起精神？

太脆弱了，就像一个锥形，从渺小的一端，滑向另一个渺小。从来就不应该否认自己，否认，带给我太多的不自信。太久没有好好地思考过，任由自己躲起来，停留在屋子里，停留在学校的走道上，停留在各种虚无的关系之间，停留在自己落后退步的不争事实上。相信活在这个世界上，每一件事情都有意义。相信别人，也相信你自己。当我停滞的时候，他们说，这是一个必经的阶段，当我感觉一切停滞，到现在，却已经过去了多少年。这几年里面，我没有写得更好，我的技术没有更多的提高，我没有找到更有意义的生活方式，我没有更加快乐。

一切，只是变得更为平庸，因为害怕受伤，所以为了保护自己，放弃去尝试更多的东西，这样的自己，真的好么？连想都不敢去想，连做都不敢去做，这样的自己，真的好么？我不怕世界更加混乱，我希望自己更加清醒。

看清我自己，直视我自己，也面对我自己。

逼 真

落到巴尔扎克的尘　停在某页缘分
贝多芬的琴弹几声　听些往日时分
忘了谁先静静说　只要你喜欢就成
都是懂彼此的人

维纳斯毅然的象征　怎凝望的慌神
吹散梵高画架的风　摇晃着霓虹灯
还能有什么永恒　就像一切都永恒
微笑着默不作声

我们的爱原来只需要逼真
这样地瞧每一个都是对的人
只在某些夜晚　讲自己是单身
多多少少顾及情分

满世界的爱原来如此的逼真
直到麻木中也有些浪漫成分
最后的哪一天　终于演砸脱身
听旁人说怎么可能

祸 害

今天的夜晚是凉的，凉得似乎有一种晕眩感，日子就像是真的有极限，让你感觉到一种无能为力的抽离。我不停地做梦，不停做着看似多么无意义的梦，然后白日里的一个破碎的片段就可以让我睡到虚无，梦到组合无尽。那天晚上，我梦见自己蜷缩在街头，随后又不停不停害怕跑。醒来的时候不住地大声喘息，抱紧怀里的被子。我梦见的，是一路看似美好的噩梦。一条黄颜色的夜晚的街，我像是又离家出走了，害怕被人找到般拐进昏暗的小巷子。

我只是想问，是谁递给我这世界上最美好的毒药，右边走来沉默不语的高瘦男子，向我走来，于是不停奔跑。究竟是属于哪里?

爬上了疏离的围墙，谁拉我进了屋。从阳台的上方掉入，摔在柔软却堆放着许多破旧玩具的吊床上，没有孩子在里面，屋主站在身边冷眼围观。我爬下吊床，走进他的屋子，我蹲下来抱住自己，忽而又站起来，我从那里跳出去，然后回到了那条昏暗的巷子里。我只是害怕得一路亡命徒般地奔跑。然后那个男子依旧站在一旁，手里拿着旧木盒子，里面整齐码着白色的长条，是谁递给我这世界上最让人害怕失去的毒药。

我醒来，再也睡不下去。那一晚，我梦见身上发痒，手指痒而疼痛，我在梦中举起手来，手腕上面多出了几个伤口，伤口里布满了荧绿色的小虫，异常地鲜亮，异常地恶心，又是那么地好看，我觉得它们会是蜘蛛，我在梦里起床，看见地上和身上零星的荧绿色小蜘蛛，小得像蚜虫，爬动或者不爬动。我看见地板裂开了，我凑下身去看，我看见墙缝裂开了，我走进去看，密密麻麻，到处都是，荧光绿的小虫，排队爬行，到处都是，我浑身麻木微痒而疼痛。

真正醒来的时候，我的手上什么也没有。荧光绿色，使一切都变得灰暗。听见乌鸦叫了，这个城市里面还有黑色的鸟。你转过身去了，面对众人不发一言，变沉默了，全世界都在陪你堕落。我不该留下太多的麻烦，因为神给了我顺从的钥匙。此时液体在渗进我的皮囊，即使饱胀也不能够宣泄。我再也没有勇气和谁说话，就仿佛说什么都变成了徒劳。

我觉得自己即将爆发，祸害全世界。

丢在东京的昨天

凌晨推开酒吧的门
沿着海岸公路飙车
太阳在我的前方升起
东京从我的身后远去

我本该有家咖啡厅
做一个有用的个体
现在我却连爱都忘记
只戴着一副黑色墨镜

反复低潮的情绪
似乎又回到最简单的问题

明天我又该去哪里
明天路该怎样继续
我逃不出庞大的命运
我只能要小小的把戏

明天我要属于哪里

明天生命怎样延续

也许我们都是悲剧

只是体现的方式 不同而已

我多想哭泣 我多想哭泣 我多想哭泣

心 经

寻找，是丢失的可能。我不想告诉你为什么离开，也不想说出到来的理由。躲起来的时候，自己的世界是自己的，自私。莲花，越铺越宽广，告诉我你为何生成如此模样，背后的咒语是什么。紧闭上双眼，感觉累，不对自己说不，累了就请入睡。

我也不能对他说。是的，没有理由，只是旷课，无以复加，直至离开的永恒。不需要等到一纸通知，若干胶囊，治病药丸，啧啧谈论，哀叹惋惜。在某些时刻，我们都是绝症般的病人，臆想出来的身体没有灵魂。

告诉我为什么，简直和便秘一样，即使我有，也制造不出，即使我知道如何制造，也会被自己的无力和脆弱打倒。越来越没有激情的生活，越来越没有激情，越来越迟钝，越来越后知后觉，我不再是什么没有刀柄的刀，也不再是没有刀鞘，和金属已经失去联系。我现在是锅里泡着水放了好几个月的筷子。长了毛，预备丢弃的筷子。每当我坐在那块小小的，属于自己的书桌前的时候，我就被烦燥的气氛所打倒，不断地绕着那个无止境的虚无走着，那一刻，感觉就像是我并没有灵魂，倒不如，远离憋闷的狭小空间。

远离令人烦躁的社会，远离难以起笔的纸张，我想我一定很变态，因为我从来没有想过自己需要正常。为什么要正常？为什么要人人都一样。我只喜欢这样，那么就这样。我反感自己不断地问：这样奇怪么？那样会奇怪么？是的我有些累。咄咄逼人的惶恐，自己被自己束缚，才是最可怕的。

那就慢慢地听王菲唱的《心经》，很舒适，慢慢地放松下来，很多事情，正在发生，世界在变化。突然变得束手无策，只能看着，一切在变化，我只能看着，却并没有能力参与其中。我不知道是从什么时候开始，变得这样虚无，与以往不同，这样的虚无，与以往不同。以往内心的眼睛一直睁着，所以很累，而现在，我无论怎样，却都无法将眼睛睁开。

是的，真的，这一次，一片模糊，梦见的，不是那么清楚，细节皆失，变得迷茫无助。

还是要顺其自然么？我的思绪变得断断续续，无法连接在一起，无法思考。而这个时候，就像漂泊在海里的小船，大雾四起的时候，周围灰茫茫的一片，目标太小了，远远地，就会看不见，渐渐地，被风刮到没有方向的位置，周围什么都看不清楚，一定是什么，割断了手中的绳索，所以找不到岸。

此时的我，不知道自己拥有什么，亦不知，会失去什么。

最想保存的回忆

星云的两边有多辽阔
天河的尽头是何颜色
两亿年的寂寞都见过
却不知为你开心什么

我像流星落入这片大地
我有秘密没告诉你
我只想把你刻在我的 眼底

地球课堂钟声响起
我最想保存的回忆
真的很高兴 能够遇见你
真的很幸运 能守护你

时光和黑洞多少交错
心的距离才不平行了
这里的夏天知了叫着
安静望着你放下宇宙

我像流星落入这片大地
我有秘密没告诉你
我只想把你刻在我的 眼底

地球课堂钟声响起
我最想保存的回忆
真的很高兴 能够遇见你
真的很幸运 能守护你

侧　面

突然熄火的雨夜
我们停在熟悉的街
车外的灯影若隐若现
晃过彼此沉默的双眼

似乎习惯这些年
朋友般守在你身边
好不好现在交换座位
看一看陌生的那边脸

我一直坐在你右边
你只观察着我左脸

上面下面里面外面　哪一面更接近你一点
正面反面侧面背面　我们躲在彼此的两边

上面下面里面外面　只是送到家门口挥别
正面反面侧面背面　还是幸福有未来悬念

城市笼罩的错觉

就像总要发动的想念

好不好我们面对面

路勇敢地向内心蔓延

你一直坐在我左边

我爱的是你的右脸

让我见鬼去吧

做这样的梦，有没有意义。做这样的事，有没有意义。这样子呼吸，有没有意义，疼痛让人脆弱狂躁不安，我的脑子像塞满了棉花，思考不了。我很想把这一切掏空，把自己分解，让这个困扰我的东西从这个世界上永远消失。我梦见我死了，又一次，我回头看着你，你没有对我说再见，我轻轻越过城市的上空，被撞得翻腾起来，真的没救了，城市灰蒙蒙的，我躺在地面上，终于松了一口气，一切都结束了。滚烫，疼痛，混沌，恶心，我努力坚强了，但是神经脆弱得不堪一击。如果我是一盒饭，不喜欢便当里的蔬菜，夹出来扔掉就是了，不喜欢这个便当，全部扔掉就是了。

那一刹那，我恍惚了。我仿佛看见四年前梦里面的你，我反复咀嚼那些年你的表情，还有你的无言。梦见你的时候，我还未曾认识你，若我知道我会倾覆自己的所有。若我知道，不，我知道，我一直知道。人活在世上，痛苦的情况，莫过于清醒。一个人太清醒，就会想要闭上眼睛，一个理智的人太清醒，他会变得无情，一个感性的人太清醒，那就是灾难。所以，大概我就是那个灾难。

灾难，你明知道会发生的，却硬是要闭着眼睛去相信，不会。Z说：你明明什么都知道，却总要选择最困难的路给自己走。为什么？我冒冒失失地回答：我喜欢。又或者答案是不甘，世界美好与不美好，光用眼睛是看不到的。或许也是种历练。这些话无关感情，或许是我对事业的恐惧。遇到关卡的时候，我会静静地站在原地，有的时候会希望自己从那个节点消失掉，然而消失得又不彻底。是不甘，明知道怎样是好的，为什么做不到？因为即使你看清楚一切，你终究是一个凡人，凡人就不是神仙，凡人就有七情六欲，凡人就会不受控制，人活着，就好像站在荆棘丛中，心不动，人不动，不动则不伤，心动，则人亦动，伤其身，痛其骨，于是由此进入人生百味。心不动的不是人，是神仙，在人们活得越来越像神仙的时候，我暗叹自己还像一个人，但时光流转，人的定义，早与以往不同。又或许，仅仅是需要骂自己一句：胆小鬼！孬种！没出息！

等待，等待很久，等待空欢喜。等待，等待很久，等来一场梦。如果梦是相反的，我现在宁愿相信梦是相反的。梦里的绝望是现实的欢喜，梦里的死亡是现实的生机，梦里的叹息是现实的招摇，梦从来就是不真实的场景，也分不清什么才是真实的场景。让这周这些讨厌的日子都见鬼去吧。

让我也见鬼去吧。

我们的歌词

我爱得没长进　就会简单的字
把努力起承转合在一张纸
这世界太现实　给你虚构个城市
好重温我们无邪的相识

从没否认是你　总让我有新构思
你要的没让我被瓶颈截止
投入最真情绪　剧情也韵律如诗
你会忘了有感动完之时

我们的歌词　要写得好真挚
想每个韵脚压住你心思
太多的悲情　就因为时光飞逝
能否先用标点静止

你新的好奇都　随我风格行事
要我怎么感激这二百多个字
生活尽管无聊　我会用煽情坚持
把你困进我编的故事

我们的歌词　就请再读一次

你就会再爱上我是不是

你会陪男主角　最后到泪流不止

结局就永恒于此

刺

故事都是以这样的形式开头的。从前，从前的从前，有一颗小仙人掌。它只是小小的，一颗从大仙人掌身边生长出来的芽，刚开始它的身体小小的，从大仙人掌身边冒出来，因为它太小了，只有那么一点点面积，所以大仙人掌的刺扎不到它，太阳猛烈的时候，大仙人掌还会为它遮挡，风雨来临的时候，它也丝毫不害怕自己会被吹走，它要做的，仅仅是依偎着，成长着，拼命吸收着土壤的养分。它觉得这个世界很新鲜，阳光也很温暖，一切都是那么有趣，只有夜晚的降临使它微微地感到害怕，但是太阳出来了，一切如新。

它越长越大，刺也越长越坚硬，直到有

一天，它突然发觉自己的体积，已经超出了原本大仙人掌刺不到的领域。它努力地生长，却也感觉到了疼痛，于是它不再笔直向上，而是微微地歪过身子，想要离大仙人掌远一些。它越长越大，越长越大，有一天它发觉自己的个子已经快要够着大仙人掌的肩膀，然而自己却因为歪着身子，显得格外矮小，它心想着，如果我离开大仙人掌，该有多好。

于是有一天，园丁来到它的身边，它努力地让自己显得翠绿和饱满，它成功了，它被移植到了一个新的盆子里。它终于可以笔直地向上蹿个子了，一切都是那么美好。它再也不怕大仙人掌会刺伤它，再也不用费劲地弯着腰，一边努力地想要长大，一边又要保护自己不被刺伤。它向着太阳生长，夜晚睡了几个好觉，就这样，直到它被套在一个漂亮的花盆里，摆在了一个柜台上。一个看似安静的孩子看见了它，好奇地抚摸漂亮的花盆，又伸手摸了摸它齐刷刷的小刺。那些刺，虽然越来越坚硬，可现在其实还不如一把牙刷的毛来得坚挺，它睁大眼睛看着这个孩子，突然就觉得这是它的归宿。然而孩子只是看了看它，又看了看柜台上的其他植物，挑了一盆小巧的宝塔花，离开了。

那个孩子走的时候，小仙人掌有些落寞。几天以后，那个孩子又来了，这次他又仅仅是看了看它，却抱走了一盆文竹，这样几次，小仙人掌不再觉得那个孩子会买走它。或许，它的归宿并不是那个孩子。于是它继续安静地在柜台上。每天看着来来往往的人。可是这一天，那个孩子却又出现了，他看了看别的植物，又再一次走到了它的面前。他和店员轻声说了几句什么，小仙人掌没有听清，店员把它装进了一个平稳的袋子里，它感觉到有一只小手，提走了它。

当它被从袋子里搬出来的时候，它看见了孩子的脸，他微微笑着，给它浇透了水。小仙人掌有些不敢相信，最后买走它的，居然还是这个孩子。它被摆在孩子的书桌上，每天都看着他，他也时常摸一摸它漂亮的花盆，时不时给它浇一些水。小仙人掌觉得，自己当初离开大仙人掌，真是一个正确的选择。它现在虽然被摆在一个没有阳光的房间里，却也觉得自己很幸福，孩子隔几天就会给它浇一次水，期待它越长越高。小仙人掌觉得这个孩子就是它的一切，它除了努力生长，却不再感觉到疼痛，它几乎快要忘记了疼痛。它甚至渴望能够触碰一下这个孩子，哪怕一下也好，这样它才会觉得这种生活是真实的。然而，它也忘记了一件事，它身上的刺越长越多，越长越坚硬。一开始，只是在孩子给它浇水的时候，剐擦到他的袖子，后来，也有了孩子不小心被微微刺到的时候。

终于有一天，孩子照例给它浇水，手指一个不注意，一根刺被深深地扎了进去。拔出来的时候，小小的伤口出现了一滴小血珠。然而因为手势不对，刺尖留在了肉里，怎么也剔不出来。孩子把小仙人掌打翻在地，花盆碎了，小仙人掌差一点从土壤中整个掉出来。持续的刺痛让孩子不知所措，他甚至想用小刀切开伤口，然而带来的，却只是更多的疼痛。小仙人掌感到愧疚，要是它没有刺，要是它生来不是一株仙人掌，那该多好。

孩子气恼地拿来扫把，扫走了漂亮的花盆碎片，现在的小仙人掌，只剩下园丁把它抱出土时，装载着它的那个灰黑色的软塑料盆了。它不再有漂亮的花盆，也因为摔在地上，整个身子都歪了过来。它被带离了孩子的房间，放在裸露的阳台上。从那以后，孩子很少来看它，有时候一两周记起来就给它浇一次水，有时候一两个月就任由它被遗忘在阳台。

小仙人掌被摔落在地的时候。它的根部松动了，它很疼，很疼，却觉得再疼也没有孩子手指间的那一根刺要来得疼痛，它觉得自己快要死去，它感到了前所未有的孤独，那种孤独，是它离开大仙人掌时所没有感觉到的。它疲惫地向上生长，甚至在干渴的日子里埋怨太阳的毒辣，暴雨来临的夜晚，它再一次感受到了恐惧，雨点带走了稳固它根基的土壤，大风险些把它刮倒的时候，它哭了。

这天清晨，它睁开眼睛的时候，惊奇地发现，自己的身上，长出了一株小芽。它一开始觉得不可思议，越来越多的小芽从它的身边长出来，小芽越长越大，它被摔歪的身体，被生长出来的小芽支撑着，却一点一点地直了起来。它欣喜过，感觉到了新生，同时，也感觉到了儿时的那种疼痛，就像当年大仙人掌刺痛它一样。或许这些都不算什么吧，它想。它依旧生长在孩子家的阳台上，孩子的遗忘，或许没有那么可怕，小芽们慢慢地，也长成了一株一株的小仙人掌，疼痛越来越明显的时候，小仙人掌们也微微地歪过了身子，然而，却再没有一双手，将它们带离它的身边。

它突然有一点想念园丁，现在的它依旧觉得很幸福。虽然幸福，但是伴随着一些疼痛。

所以，安

是否我微笑　朝郊外风景看
树影风动也朝我看
就像你转身　肩膀的一颤
也是我心而有感

有时候只想　看你为我流泪
证明你也曾遗憾
黄昏流过桥　天怀念起蓝
我已想到天要暗

我要的太大胆　所以安
让一个梦　来替换
让花落又还　雁去终又返
故事缘难散

我要的太为难　所以安
让一个梦　来了断
醒来我搭上　回家那班车
挥手都不难

附录：林乔的主要作品

作词

天使旅行箱　赵薇

恰恰爱　赵薇

英雄冢（电视剧《射雕英雄传》主题曲）　郑中基

旧玩具　赵薇

多爱自己一些　赵薇

蝶　赵薇

大城小恋　赵薇

想爱不能爱　汪苏泷

大导演　赵薇

我想我是你的女人（电视剧《烽火影人》主题曲）　尚雯婕

觉醒　赵薇

分开以后（电视剧《许浚》片尾曲）　唐禹哲

甜蜜花园　林依晨

老板娘　赵薇

醉青楼　范逸臣

Happiness　赵薇

江城子　赵薇

游园会　赵薇

太阳至爱　韩红

幻与幻想　赵薇

Missing you　范逸臣

你不快乐我知道　姜海威

沿途的风景　孙俪

爱你不会变（《别爱我》主题曲）　胡歌

骑单车的日子　胡歌

光棍（《仙剑奇侠传3》插曲）　胡歌

嘉年华（《托起爱舞林盛典》表演曲目）　林心如

See what light can do　李泉

Quando　李泉 & 朱珠

微笑阳光（电视剧《微笑在我心》插曲）　张嘉倪

绿色心情　李宇春 & 何洁

真爱面对面　黄圣依

旁观人生　黄圣依

梦想的窗　乔任梁

想念　乔任梁

你很爱他对不对　庞龙

当地时间　庞龙

我一定会来　庞龙 & 于大伟

全城热恋（电影《全城热恋》主题曲）　BOBO 组合

哈皮 BOBO　BOBO 组合

今儿高兴（《东方卫视春晚华人大联欢》表演节目）　解小东

爱的神话（电影《西域传奇》主题曲）　李慧珍

Light your smart world　黄义达

决战爱情（电影《决战刹马镇》主题曲）　孔令奇 & 甘薇

想念是你的脸（电视剧《新兵日记》插曲）　张芯瑜

雨衣电视剧（《杜拉拉升职记》插曲）　樊凡

心主角（作词/Ep 企划/单曲制作）　赵仕瑾

倒叙　黄义达

一夜年少　张卫健 & 梁汉文

杂质　周蕙

等得起　叶炫清

挚爱　金巧巧

有泪无伤（电视剧《迷雾重重》片尾曲）　金大洲

不小心　吴文璟

木偶人的倒数第一个梦　王思远

年轻的梦　　王柏森

唱给你的歌　　王铮亮

欢乐到底（《2009 欢乐中国行魅力常德》表演曲目）　　颖儿

我是大牌　　陈维琳

时光留白　　萱萱（戴潆萱）

超市夜未眠　　神木与瞳（黄美珍）

焰火夜　　王雅捷

摘　　梁佳杰

Love party　　孙嘉秀

爱不告诉你　　D－gril 组合

Supergirl　　D－gril 组合

彩虹方向　　D－gril 组合

米卡罗　　彭琳

心口　　彭琳

幸福的想哭　　彭琳

怀抱　　彭琳

阳光的意义（电视剧《我的灿烂人生》原声带插曲）　　陈彦妃

有梦奥运单曲　　鲍春来 & 潘晓婷

只想对你说　　倪子越

崖　　李静楠

恍如那时　　李静楠

小姐妹　　李静楠

那人　　李静楠

难爱　　赵仕瑾

境遇　　金润吉

战役的崛起　　SNH48

暗花伤　　张子瑄

可惜不是我　　张子瑄

大步走　　天使组合

Happy day（电视剧《小儿难养》插曲）　　彭冠英

你都给了她　　朱娜

甜　　韩智俊

为什么我开始讨厌你了　　丁祥威

避雨　　任然

美好如初　　刘光蕊

小喜欢（电视剧《我才不会被女孩子欺负呢》推广曲）　　高莹

衡山路24号　　罗龙杰

深渊　　伍声 & MISS（韩懿莹）

墨梅　　王泓翔

王族　　周旭风

魅影　　周旭风

致爱　　简弘亦

I know　丁祥威

不完美的完美　李泉

每天都很棒　董沛琪

分开以后　武艺

守夜　谢添

不哭（电影《悲伤逆流成河》推广曲）　SUNNEE（杨芸晴）

猫语（电影《爱猫之城》推广曲）　KIKI（富妍）

I wanna cry　刘丹萌

菩提树下　吴昱捷

恋爱大联盟　朱娜

笑见如初　李泉

捍卫阳光（《X女特工》主题曲）　唐嫣

爱谁谁　米艾

闪耀（《X女特工》片尾曲）　黄义达

事不过一（电影《第37次想你》插曲）　吉杰

为爱放手（电影《第37次想你》片尾曲）　付辛博

幸福的约定（电视剧《全民公主》插曲）　李慧珍

年少恋歌　余婷

小娃娃（电视剧《小爸爸》主题曲）　樊凡

卡门　古巨基&李泉

一起　李泉

第一道光　　宁桓宇

恋爱那些事儿　　宁桓宇

告白　　宁桓宇

不要忘记笑　　唐笑（唐子晴）

放你自由　　唐笑（唐子晴）

爱他　　唐笑（唐子晴）

鱼　　唐笑（唐子晴）

淡水海边　　唐笑（唐子晴）

完美的错觉　　李想

100 米便利店　　SNH48

真英雄网游（《射雕英雄传 OL》主题曲）　　信乐团

年轻不服输（网游《穿越火线》7 周年主题曲）　　张恒远

听说那时的爱很美　　赵仕瑾

霸道天下（网游《霸道天下》同名主题曲）　　阿兰

替你爱我（电视剧《重生之明流巨星》主题曲）　　宁桓宇

逼真　　姜海威

心花　　阿兰

像夏天　　姜海威

亲爱　　陈志朋

舞夜倾心　　陈志朋

一朵云　　阿兰

伊人唱（电视剧《姐妹姐妹》插曲）　小樊

那年那月（电视剧《姐妹姐妹》片尾曲）　杨丁子

不一样的美男子　冯建宇

心之焰（《楚乔传》片尾曲）　邓紫棋

心弦　王玉

失眠无白　拉菲尔

爱在心中　袁权

想爱不能爱　陈娟儿

忍不住　陈娟儿

现在只想爱你　梁韵聪

第八个音符　华语群星

想　铜锣湾猪小弟 & 奶油猪

一个人的风景（电视剧《夏至未至》插曲）　牛奶咖啡

未至（电视剧《夏至未至》插曲）　郁可唯

一望千年（电视剧《上古情歌》插曲）　金志文

原上草（电视剧《楚乔传》楚乔人物曲）　刘惜君

泪伤（电视剧《醉玲珑》主题曲）　信

最后的夏天　于佐依 ZOE & 烈雨

醉里红尘（电视剧《醉玲珑》插曲）　刘惜君

空情（电视剧《醉玲珑》插曲）　韩雪 & 韩栋

我们已来不及　于佐依 ZOE

颤抖（网剧《颤抖吧，阿部!》插曲） 毛方圆

我选择的路 吴亦凡

罪 刘惜君

花草茶的夏天（网剧《醉玲珑番外之玲珑醉梦》片头曲）
胡灵

重生 光泽 & G. Z 乐团

英雄救美（电视剧《特勤精英》片尾曲） 刘瑞瑞

还是想念 徐良

心跳着 黄雅莉

变作谁 余枫

最初的祝愿 BEJ48

爱刚刚好 彭昱畅 & 孙雪宁

只是太在意 宁桓宇

喜欢你 胡灵

我们之间 冯提莫 & 孙子涵

逃亡 XL 组合 夏恒 & 罗景文

墨梅 谭维维

独孤 金莎

Eyes on me BEJ48

永远的我 陈冰

失重 冯建宇

给孩子（综艺节目《歌手》第二季 第12期） K. Z 谭定安

说好不散（综艺节目《王牌对王牌》第三季 第12期） 王源

战神（电影《战神纪》推广曲） 大张伟

美好的你 刘明湘

最想保存的回忆 檀健次

时光倒流 韩东君

让世界领教我的名字 李庚希

爱的数学公式 熊梓淇

不止平凡 赵天宇

致爱（电视剧《猎毒人》插曲） 刘思涵

塞壬 BEJ48

My Boy BEJ48

期待之翼 BEJ48

Tennis BEJ48

永远不远 赵志伟

如昨（电视剧《天盛长歌》概念曲） 刘惜君

企划

《李米的猜想》原声带 周迅

IAM 世界巡回演唱会 2010 武汉之夜 DVD 林俊杰

绅士 薛之谦

苏格拉没有底　许嵩

寻宝游戏　许嵩

如果爱忘了　戚薇

找　张婧

守夜人　林采欣

失窃之物　戚薇

重定义　回音哥

2020 爱你爱你　BY2

挺你　Idolschool

18　张智成

《高手如林之无懈可击》原声带　戚薇 & 范逸臣 & 胡歌

手花　马天宇

我们都是大导演　赵薇

天使旅行箱　赵薇

《璀璨人生》原声带　何润东 & 东南 & 张婧

青年晚报　许嵩

违章动物　许嵩

Driving to the Highway　张根硕

我还是成龙　成龙

越过山丘　杨宗纬

Mad Love　MIC 男团

全面沦陷　　张韶涵

你好，再见　　戚薇 & 2PM 俊昊

梦游计　　许嵩

淳 +　　蔡淳佳

米卡罗　　彭琳

I am　　魏佳庆

凡人与他的好朋友们　　凡人组合

Get Out　　赵泳鑫

一号情人　　王一浩

又见一帘幽梦原声带　　张嘉倪

ZhuZhu 朱珠　　朱珠

天堂边缘　　陈洁仪

爱又爱　　BY2

成人书　　简弘亦

天龙八部之宿敌　　许嵩

90'闹 now　　BY2

你的三次方　　曹轩宾

单身嘲男　　袁成杰

转身薇笑　　戚薇

你的名字　　郭美美

你必须幸福　　郑钧

LtoV 秘密　　戚薇

万重山　　王梵瑞

躺着　　赵泳鑫

少年心事　　蒋敦豪

极光　　郑兴琦

长白山　　王啸坤

一半　　薛之谦

简 GEneration　　简迷离

如我　　刘惜君

等　　品冠

Super 耀　　耀乐团

JTW 西游记　　方大同

女人一定要有钱　　王厂长

不盲不爱　　刘德华 & 郑秀文

周深的深　　周深

My Way　　厉娜

Luna　　秦宇子

横扫天下之笑天下　　杨宗纬

海上灵光　　许嵩

你把我灌醉　　邓紫棋

星宿七　　曹轩宾

不如吃茶去　许嵩

温度　Fuying & Sam

爱.战　戚薇

谋怀念　Apple 郝婉彤

纠结　庆庆

CAT AND MOUSE　BY2

制作

不哭　（电影《悲伤逆流成河》推广曲）　SUNNEE（杨芸晴）

猫语　（电影《爱猫之城》推广曲）　KIKI（富妍）

等你回家　黄圣依

我不想说　（央视《国庆晚会》歌曲）　黄圣依

骊歌　陈志朋

难爱　赵仕瑾

我想这不是爱　唐笑（唐子晴）

爱不败　唐笑（唐子晴）

遇到对的人　唐笑（唐子晴）

刺痛感　唐笑（唐子晴）

不要忘记笑　唐笑（唐子晴）

放你自由　唐笑（唐子晴）

爱他　唐笑（唐子晴）

鱼　唐笑（唐子晴）

淡水海边　唐笑（唐子晴）

年轻不服输　（网游《穿越火线》7周年主题曲）　张恒远

听说那时的爱很美　赵仕瑾